스노우 시스터

스노우 시스터
아름답고 따뜻한 크리스마스 이야기

마아 룬데 지음 ✧ 리사 아이사도 그림 ✧ 손화수 옮김

한길사

Snøsøsteren by Maja Lunde
with illustrations by Lisa Aisato
ⓒ Text: Maja Lunde
ⓒ Illustrations: Lisa Aisato
First published by Kagge Forlag, 2018
Korean Translation Copyright
ⓒ 2019 by Hangilsa Publishing Co.
All rights reserved.
The Korean language edition published
by arrangement with OSLO Literary Agency
through MOMO Agency, Seoul.

이 책의 한국어판 저작권은 모모 에이전시를 통해
OSLO Literary Agency와 독점 계약한 도서출판 한길사에 있습니다.
저작권법에 의해 한국 내에서 보호를 받는 저작물이므로
무단전재와 무단복제를 금합니다.

한국 독자들에게

저는 크리스마스를 기다리면서 한 해를 보낼 정도로 크리스마스를 사랑합니다.

언젠가는 크리스마스에 관한 책을 쓰겠다고 생각해왔지만 어떻게 작업해야 할지 방향을 잡지 못했어요.

저는 다른 사람과 협력하는 작업 방식을 매우 좋아하는데요. 그래서 지난 몇 년 동안 삽화가 리사 아이사토와 함께 일할 기회가 오기만을 바랐습니다.
그러던 중 정말 우연히도 리사 아이사토와 함께 일할 수 있는 행운이 찾아왔어요.
갑자기 모든 일이 순조롭게 진행되기 시작했지요.

『스노우 시스터: 아름답고 따뜻한 크리스마스 이야기』는 어느 날 갑자기 저를 찾아왔습니다. 하얀 눈이 창밖의 풍경을 덮어내리고, 집 안에는 향초와 귤 향기가 가득하고 벽난로에는 장작불이 타오를 때 저는 이 책을 썼습니다.
리사의 삽화를 처음 본 날, 저는 너무나 감동해서 저절로 눈물이 났습니다. 그림이 너무나 아름다워 그림 속에 빠져들고 싶을 정도였지요. 제가 『스노우 시스터』에서 감동과 기쁨을 받았듯이, 크리스마스를 사랑하는 이 세상의 모든 사람도 감동과 기쁨을 받았으면 합니다.

어쩌면 이 책은 온 세상의 남녀노소에게 새로운 전통을 선물해줄지도 모릅니다.
해마다 크리스마스가 다가오면 창밖의 눈과 벽난로의 불꽃을 친구삼아 이 책을 꺼내 읽는 전통 말이지요. 이것은 바로 크리스마스를 맞는 저의 바람이자 꿈이기도 합니다.

한국의 독자들도 이런 전통을 선물받았으면 합니다.

2019년 겨울
마야 룬데

I

나는 지금부터 헤드빅에 관한 이야기를 하려 한다. 어떻게 내가 그녀와 단짝 친구가 되었다가, 어떻게 그녀를 잃어버렸는지. 그리고 지금은 이곳에 없지만 여전히 내 마음속에 남아 있는 나의 누나 유니 이야기도 하려 한다.

헤드빅을 처음 본 날, 그녀는 수영장 창문에 코를 대고 있었다. 내가 제일 먼저 본 것은 그녀의 코였다. 그녀의 콧잔등에는 수없이 많은 주근깨가 나 있었다. 그녀는 건물 밖에 홀로 서서 수영장 안을 들여다보고 있었다. 그날은 눈이 내리고 있었다.

모자 밖으로 삐죽 튀어나온 그녀의 빨간 머리카락과 그녀가 입고 있는 두꺼운 양모 코트 위

로 하얀 눈송이가 내려앉았다. 그녀의 코트는 산타클로스의 옷처럼 새빨갰다.

난 이미 수영을 꽤 오래 한 후였다. 그 당시 나는 거의 매일 그 시간에 수영을 했다. 왔다 갔다 반복하며 헤엄을 쳤다. 주로 물속에서 헤엄치다가 숨을 쉴 때만 물 위로 머리를 들었다가 곧 다시 물속으로 들어갔다. 난 이처럼 반복되는 리듬감이 꽤 기분 좋다고 생각했다. 머리를 치켜들고, 숨을 들이쉬고, 팔을 뻗고, 숨을 내쉬고, 다시 팔을 뻗는 동작. 수영을 하는 동안 다른 생각을 할 필요가 없어서 좋았다. 오로지 숨쉬기와 팔 동작만 생각하면 되니까. 이렇게 반복하다 보니 수영을 꽤 잘하게 된 것 같다. 매일 수영을 하다보면 속도가 점점 더 빨라지는 건 당연하다. 매번 0.1초 정도 더 빨리 움직일 수 있었던 것 같다.

내가 수영을 시작하게 된 건 욘 덕분이었다. 욘은 나와 가장 친한 친구였고, 우리는 축구를 좋아하지 않았다. 그렇기 때문에 우리는 함께 수영을 하기로 했다. 참, 그러고 보니 헤드빅을 처음 본 날 오후, 욘도 수영장에 있었다.

욘은 나보다 조금 늦게 왔다. 가장자리에 서서 한숨을 내쉬며 불평하던 그의 모습을 나는 아직도 기억한다. 욘은 물속으로 뛰어들기 싫은지 물만 바라보고 있었다. 나는 헤엄쳐 그에게 다가갔다. 몸을 일으켜 그의 옆에 서서 말을 걸었다.

"안녕."

욘이 내게 인사를 건넸다.

"안녕."

"물이 차가워?"

욘이 물었다.

"조금. 하지만 평소와 그리 다르지 않아."

"알았어."

"밖이 더 추워."

"맞아. 눈이 내리고 있더라."

욘이 말했다.

"응."

"그런데 어제는 눈이 더 많이 왔어."

"맞아. 그런 것 같아."

"응."

"그래."

우리는 더 이상 말을 하지 않았다. 나는 푸른색 타일 바닥에 물방울이 똑똑 떨어지는 것을 보았다. 똑, 똑, 똑. 무슨 말이라도 해야 할 것 같았다. 욘은 몸을 달달 떨고 있었다. 마치 자기 자신을 껴안으려는 듯 두 팔로 상체를 감싸고 있었다. 욘은 추위를 많이 타는 편이다. 작은 성냥개비처럼 작고 빼빼 말랐기 때문이다. 욘과 내가 반에서 가장 키가 작은 것도 우리의 공통점이라 할 수 있다.

사람들은 욘과 내가 친구로 지내는 건 우리 둘 다 축구를 못하기 때문이며, 특별히 함께 대화를 나눌 만한 이야깃거리가 없기 때문이라 생각할지도 모른다. 하지만 우리는 함께 있을 때면 대화를 많이 하는 편이다. 적어도 이전에는 그랬다. 우리는 등굣길에 얼굴을 마주하는 순간부터 저녁에 각자 집으로 돌아갈 때까지 쉴 새 없이 이야기를 나누었다. 나는 욘과 함께 있을 때면 무슨 말을 해야 할지 힘들여 생각할 필요가 없었다. 욘을 만나면 마치 누군가가 대화 버튼을 누른 것처럼 나도 모르게 말이 줄줄 새어나왔다. 길고 긴 문장들을 쉴 새 없이 뱉어내다가 욘이 말할 때만 잠시 말을 멈췄다. 욘도 나처럼 긴 문장들을 숨도 쉬지 않고 쏟아냈다.

물론 함께 웃기도 했다. 평소에 욘은 엄청나게 많이 웃는 편이다. 가끔 우리는 너무 웃어서 딸꾹질을 하다가 배를 잡고 바닥에 데굴데굴 구르기도 했다. 엄마는 우리의 웃음소리가 구슬 소리 같다고 했다. 세상에서 가장 예쁜 소리라고도 했고, 하얀 진주가 데굴데굴 굴러가는 소리 같다고도 했다.

하지만 이건 예전 이야기다. 여름방학이 지난 뒤부터 우리가 함께 웃는 날은 거의 없었다. 심지어 할 말을 찾기 위해 머리를 굴려야 할 때도 있었다. 그러면 겨우 몇 마디를 나눌 수 있었다. 대부분은 날씨 이야기였다. 다시 생각해보니 지난 반년만큼 날씨 이야기를 많이 했던 적은 없었다. 예전에는 어른들만 날씨 이야기를 하는 줄 알았다.

욘은 수영장 가장자리에 서서 달달 떨고 있을 수만은 없다고 생각한 것 같았다. 나도 물이 뚝뚝 떨어지는 젖은 몸으로 언제까지나 그의 옆에 가만히 서 있을 수는 없었다. 그래서 우리는 함께 물속으로 뛰어들었다.

나는 조금 전과 마찬가지로 왔다 갔다 하며 헤엄을 쳤다. 욘도 내 옆에서 헤엄을 치기 시작했지만, 내 속도를 쫓아오지 못했다. 지난 몇 달 동안 내 수영 실력이 많이 늘어서 나는 이제 욘보다 훨씬 빨리 헤엄을 칠 수 있기 때문이다.

고개를 들고, 숨을 들이쉬고, 팔을 뻗고, 고개를 숙이고, 숨을 내쉬고, 팔을 뻗었다.

갑자기 나는 수영에 집중할 수가 없어졌다. 수영장 안전요원들이 자신들의 사무실에 크리

스마스 장식을 해놓은 것을 발견했기 때문이다. 수영장 쪽으로 난 사무실 창문에 오색 전구가 빛을 내고 있었다.

크리스마스. 그렇다. 곧 크리스마스이브가 다가온다. 일 년 중 가장 신나고 아름다운 날…

이 세상 사람들은 대부분 크리스마스이브가 일 년 중 가장 아름다운 날이라고 생각할 것이다. 나는 크리스마스이브에 태어났다. 그래서 내 이름도 율리안*이다. 나는 올해 열한 살이 되었다. 그러니 내가 크리스마스이브를 기다리는 것은 당연한 일이다. 하지만 난 그저 심드렁할 뿐이다. 솔직히 올해 크리스마스는 어떨지 걱정되기까지 한다.

나는 사람들이 크리스마스에 대해 고정관념이 있다는 것을 잘 알고 있다. 어디에서 크리스마스를 보내고, 어디에 크리스마스트리를 장식할 것이며, 크리스마스에는 집 안에 어떤 향기가 나야 하는지, 또 그날은 누구와 함께 지내야 하는지 등등. 크리스마스는 매년 비슷해야 한다고 생각하는 사람도 있을 것이다. 물론 나도 이전에는 그랬다. 그렇기 때문에 우리 가족들은 매년 크리스마스를 비슷하게 보냈다.

엄마와 아빠는 크리스마스이브 전날 우리가 잠자리에 들고 난 뒤에 거실에 크리스마스트리를 장식했다. 크리스마스이브 아침에 눈을 뜨면, 나는 부모님이 크리스마스트리를 다 장식하지 못했을까봐 걱정하기도 했다. 나는 방문을 조심스레 열고 일층으로 향하는 계단으로 살금살금 다가갔다. 그러고는 가만히 서서 아래층에서 무슨 소리가 들리는지 귀를 기울이곤 했다. 내가 기대했던 것은 크리스마스 소리였다. 벽난로 위에서 살랑살랑 움직이며 딸랑딸랑 소리를 내는 천사 모형의 장식품, 벽난로 안에서 장작이 타들어가는 소리, 소년 합창단이 부르는 「고요한 밤」과 「만유의 주재」 노랫소리. 소년들의 목소리가 너무나 아름다워 나는 멍하니 귀를 기울이다 살짝 몸을 떨기까지 했다.

부모님이 크리스마스트리 장식을 마무리했다는 확신이 들면, 나는 그제야 발소리를 죽이고 계단을 내려갔다. 거실 문을 살짝 연 후에도 잠시 발걸음을 멈췄다. 이번에 발걸음을 멈춘 이유는 거실에서 크리스마스 분위기를 머금은 향이 나는지 살펴보기 위해서였다.

우리 집 크리스마스 향은 크리스마스트리에서 나는 소나무 향, 크리스마스 향초에서 나는 향, 직접 구운 크리스마스 과자와 귤, 계피와 코코아 향이다. 그중에서도 나는 코코아 향을 가장 좋아한다. 크리스마스 향이 코를 스치면 나는 안심하고 거실 문을 활짝 열었다.

* 노르웨이어로 율(JUL)은 크리스마스라는 뜻이다.

문을 열고 내가 가장 먼저 하는 것은 가만히 서서 눈을 껌벅이는 일이었다. 크리스마스 장식을 해서 평소와는 너무나 다르게 변해버린 거실의 모습에 적응하기 위해서였다. 거실은 너무나 아름답고 아늑했으며 화려하기까지 해서 숨을 제대로 쉴 수 없을 정도였다. 거실에 있던 엄마와 아빠는 내게 다가와 따뜻하게 안아주면서 말했다.

"크리스마스와 네 생일을 축하해, 어서 오렴. 코코아를 마시고 함께 아침 식사를 하자."

누나와 여동생이 음식이 가득 차려진 식탁 앞에 앉아 미소를 짓고 있었다. 우리는 서로에게 크리스마스 인사를 건넸다. 8월에 태어난 내 동생 아우구스타,* 크리스마스이브에 태어난 둘째인 나 율리안, 그리고 이름만 들어도 몇 월에 태어났는지 짐작할 수 있는 유니 누나.**

…유니, 나의 누나. 누나는 매년 크리스마스이브에 우리와 함께했지만, 올해는 누나의 자리가 텅 비어 있을 것이다. 누나는 세상을 떠났다. 우리는 누나를 교회 묘지에 묻어주었다. 그래서 나는 수영장을 왔다 갔다 헤엄치며 올해 크리스마스는 어떨지 걱정했던 것이다.

나는 다시 헤엄치는 데 집중했다. 고개를 들고, 숨을 들이쉬고, 팔을 뻗고, 고개를 숙이고, 숨을 내쉬고, 다시 팔을 뻗었다. 하지만 숨쉬기를 잘못하는 바람에 물을 들이마시고 말았다. 코와 목이 따끔따끔 아파오기 시작했다. 나는 얕은 곳으로 헤엄쳐간 뒤 일어서서 기침을 했다.

바로 그때 헤드빅을 발견했던 것이다. 그녀는 눈 쌓인 창밖에 서서 수영장 안을 들여다보고 있었다. 주근깨로 가득한 그녀의 코는 창문에 눌려 하얗게 변해 있었다. 그때 그녀도 내 눈길을 알아차렸다. 깜짝 놀란 그녀는 한 발짝 뒤로 물러서서 놀란 표정으로 나를 바라보았다. 나는 주위를 둘러보았다. 창밖의 그녀를 본 사람은 아무도 없는 것 같았다. 욘은 여전히 헤엄을 치고 있었다. 하지만 나는 그녀를 보았고, 그녀도 나를 보았다. 갑자기 그녀가 팔을 치켜들고 나를 향해 손을 흔들었다.

나도 그녀에게 손을 흔들어주었다. 그러자 그녀는 내가 본 미소 중에 가장 환한 미소를 지어주었다. 아주 오랫동안.

---

* 노르웨이어로 아우구스트(August)는 8월이라는 뜻이다.
** 노르웨이어로 유니(Juni)는 6월이라는 뜻이다.

수영장 건물 밖으로 나오니, 헤드빅은 여전히 눈 쌓인 길에 서 있었다. 이번엔 창문 옆이 아니라 건물 출입문 앞에 서 있었다. 가로등 불빛은 그녀의 빨간 코트를 비추고 있었으며, 그녀의 모자 위에 쌓인 눈은 가로등 불빛에 반짝였다. 그녀는 추위를 이겨내려는지 발을 동동 구르고 있었다. 나를 발견한 그녀는 다시 환한 미소를 지으면서 내게로 달려왔다.

"이제야 나왔구나!"

그녀가 말했다.

"뭐…?"

그녀는 가만히 서서 나를 바라보기만 했다. 나는 무슨 말을 해야 할지 알 수 없었다. 그녀는 나를 기다리고 있었던 것 같았다. 하지만 왜? 우리가 전에 만난 적이 있던가? 내가 그녀를 알아보아야 할 이유가 있을까? 어쩌면 같은 학교에 다니는 아이가 아닐까? 아니, 그녀는 내가 한 번도 만나지 못한 먼 친척인지도 몰랐다. 나는 재빨리 머리를 굴려보았지만, 그녀에 대한 기억은 떠오르지 않았다. 만약 그녀를 한 번이라도 본 적이 있다면 분명 그녀의 얼굴을 기억했을 것이다. 주근깨 가득한 얼굴, 겨울밤에도 빛나는 작고 예쁜 녹색 눈동자, 벌어진 앞니를 드러내며 환한 미소를 짓는 그녀.

"난 헤드빅이라고 해. 앗, 잠깐만! 내 소개를 정식으로 할게. 내 이름은 헤드빅인데… 사실 난 나를 헤드빅 빅토리아 요한나 로젠달 에케룬쯤으로 소개하고 싶어… 하지만 그렇게 말한다면 거짓말을 하는 것이겠지. 잘 모르는 사람, 더욱이 처음 만나는 사람에게 거짓말을 할 수는 없잖아."

헤드빅은 숨을 쉬기 위해 잠시 말을 멈췄다. 나는 그것이 현명한 일이라고 생각했다. 그녀의 입에서는 엄청난 속도로 쉴 새 없이 말이 쏟아져 나와서 만약 숨을 쉬기 위해 말을 멈추지 않는다면 곧 정신을 잃을 것이라고 생각했기 때문이다. 그녀는 내게 손을 내밀면서 다시 말을 이어갔다.

"불행히도 난 단지 헤드빅 한센일 뿐이야. 그래, 내 이름은 헤드빅 한센이란다. 어쩌면 넌 내 이름이 짧고 간단해서 좋다고 생각할지도 몰라. 어떤 사람들은 한센이라는 성이 간단하고 외우기 좋으면서 꽤 실용적이라고도 해. 하지만 그렇게 말하는 사람들은 대부분 길고 꽤 있어 보이는 이름을 가지고 있는 데다 한센이라는 이름이 얼마나 흔하고 시시한지 생각해보지 않았기 때문이야. 게다가 난 미들네임도 없어. 그 흔한 안나라든가 엥이라는 이름도 가지고 있지 않아. 난 우리 부모님이 원망스러워. 너도 이해할 수 있지? 내게 이름을 지어줄 때 조금이라도 상상력을 발휘했다면 내가 이렇게까지 불평하진 않았을 거야."

"오, 그래… 그렇구나."

나는 더 할 말을 찾을 수 없었다. 이렇게 많은 말을 한꺼번에 쏟아내는 사람을 이제까지 만나본 적이 없어서 그 많은 말에 어떻게 대답을 해줘야 할지 전혀 알 수 없었기 때문이다. 내 앞으로 쑥 내민 그녀의 손을 보는 순간, 나는 서둘러 그녀의 손을 잡았다.

"나는 율리안이라고 해. 율리안 빌헬름센."

"안녕, 율리안. 너를 만나게 되어 이렇게 심장이 터질 정도로 기뻐하는 내 마음을 너는 모를 거야."

"어…"

"이제 가볼까?"

헤드빅이 말했다.

"응."

나는 집으로 가는 중이었다. 만약 헤드빅이 우리 집까지 따라온다 해도 나는 거절할 마음이 없었다.

그녀는 내 옆에서 깡충깡충 뛰며 걸었다. 그 모습을 보니 그녀가 정말 심장이 터질 정도로 기뻐한다고 생각할 수밖에 없었다. 솔직히 나는 그녀처럼 기뻐하는 사람을 본 적이 없다.

"넌 수영을 참 잘하더라."

그녀가 미소를 지으면서 말을 이었다.

"반복해서 왔다 갔다 헤엄치는 모습이 인상적이었어. 게다가 아주 빨리. 어떻게 배웠니? 얼마나 오랫동안 수영을 했어? 수영하러 여기 자주 오니?"

"응."

"그럴 것 같았어. 헤엄치는 모습이 아주 멋있어. 물고기나 상어가 물속에서 헤엄치는 것 같기도 했어. 넌 헤엄을 치면서 가끔 네가 물속에서 매우 빠른 속도로 움직이는 상어라고 생각해본 적이 있니? 아주 커다랗고 무서운 상어 말이야. 아니면 즐거워서 어쩔 줄 모르는 돌고래라든지… 난 돌고래를 아주 좋아해. 넌 돌고래를 좋아하니? 돌고래는 항상 미소를 짓고 있는 것 같아. 너는 돌고래를 보면서 그런 생각을 해본 적이 없니? 난 돌고래가 물속에서 헤엄치는 걸 그 무엇보다도 좋아하기 때문에 웃고 있다고 생각해. 너도 그러니? 물속에서 그렇게 빨리 움직일 수 있어서 즐겁고 행복한 기분에 미소 짓고 싶다는 생각을 해본 적이 있니?"

"…응."

"넌 말이 별로 없구나. 하지만 난 네가 참 좋아. 왜냐하면 넌 수영을 아주 잘하거든. 넌 네가 수영을 잘해서 행운이라고 생각해본 적이 있니?"

"거기까진 생각해본 적이 없어."

"난 네가 그 점에 대해 곰곰이 생각해봤으면 좋겠어."

그녀가 처음으로 말을 멈추고 침묵을 지켰다. 나는 그녀를 곁눈질로 슬쩍 바라보았다. 그녀는 미소가 사라진 얼굴로 나를 심각하게 바라보고 있었다. 마치 내가 수영을 잘하는 것이 행운이라고 생각해보기를 진심으로 바라는 것 같았다. 문득 나는 모든 것을 이해할 수 있었다.

"너는… 너는 수영을 못하니?"

헤드빅은 대답하지 않았다. 갑자기 그녀의 눈이 촉촉하게 젖어오기 시작했다.

"응, 못해."

그녀가 무겁게 숨을 들이쉬며 침을 꿀꺽 삼켰다.

"난 이 세상 그 무엇보다 수영을 잘하고 싶어."

그녀가 나직이 말을 이었다.

"만약 내가 수영을 잘했다면 난 지금과는 다른 사람이 되어 있었을 거라고 생각해."

"내 말이 위로가 될지는 모르지만… 난 지금 네 모습도 나쁘지 않다고 생각해."

헤드빅은 내 말에 대답하지 않았다.

우리는 눈 쌓인 길을 걸어 스토르가타에 도착했다. 여느 해와 마찬가지로 크리스마스를 맞아 거리는 화려하게 장식되어 있었다. 건물과 건물 사이에는 소나무 가지가 이어져 있었고, 창문은 눈 결정체 모양의 반짝이는 구슬과 빨간 리본으로 장식되어 있었다. 헤드빅은 고개를 돌려 머리 위에서 반짝이는 불빛을 바라보았다.

"다행히도 이 세상에는 우리를 기쁘게 해줄 수 있는 것이 많이 있어."

그녀가 말했다.

"그렇겠지."

"크리스마스도 그중의 하나야. 그렇지? 크리스마스는 너무나 아름다워서 가슴이 벅차고 기쁨으로 머리가 터질 것 같아."

"응, 나도 크리스마스는 꽤 즐거운 날이라고 생각해."

나는 매년 스토르가타의 크리스마스 장식을 보며 즐거워했다. 하지만 올해는 언제 크리스마스 장식을 시작했는지도 모르고 있었다. 크리스마스는 앞으로 일주일밖에 남지 않았는데 말이다.

"꽤 즐거운 날이라고? 일 년 중에서 가장 아름답고, 가장 따뜻하고, 가장 행복한 이 기간을 두고 할 수 있는 말이 겨우 그것밖에 없니?"

갑자기 그녀가 내게 화를 내는 것 같았다.

"너, 혹시 그거 아니?"

"뭘?"

"난 네가 수영을 너무 많이 한다고 생각해."

나는 아무 말도 하지 않았다. 갑자기 짜증이 치밀어 올랐다. 도대체 이 여자아이는 누굴까? 갑자기 내 앞에 나타나 뜬금없이 나를 따라오면서 내 머리에 구멍이 날 정도로 총알같이 말을 쏟아내는 이 아이는 누구지? 게다가 이 아이는 마치 나를 오랫동안 알아왔다는 듯 말하고 있지 않은가!

"난 내가 원하는 만큼 수영할 권리가 있어."

"그렇겠지."

"그러는 넌 왜 수영을 배우지 않았니? 헤엄을 잘 치고 싶다면서?"

"그건 네가 상관할 일이 아니야!"

그녀가 나를 쏘아보았다. 조금 전까지만 해도 그녀의 눈은 기쁘고 환한 빛을 머금고 있었지만, 지금은 화를 이기지 못해 이글이글 타고 있는 것 같았다.

"오늘 만나서 반가웠어. 안녕."

나는 그녀에게 작별 인사를 건넸다.

"나도 반가웠어. 안녕."

"곧 저녁 식사 시간이라 난 집에 가야 해. 저녁을 먹고 나면 밤참을 먹을 거야."

"흥, 내가 그런 것까지 신경 쓸 거라고 생각하니?"

헤드빅이 쏘아붙였다.

"솔직히 난 네가 말을 너무 많이 한다고 생각해."

"그러는 넌 벙어리 거북이 같아."

"안녕."

"잘 가."

"이제 정말 갈 거야."

"알았어."

"좋아!"

나는 눈으로 뒤덮인 길을 총총걸음으로 걸었다. 나는 그녀가 바보 같다고 생각했다.

바보 같은 데다 아무도 못 말리는 수다쟁이라고 생각했다. 게다가 그녀가 내뱉는 단어들은 모두 이상하기 그지없었다!

다시는 만나고 싶지 않았다. 단 일 초라도.

하지만 나는 내 등 뒤에서 들려오는 그녀의 목소리에 고개를 돌리고 말았다.

"율리안?"

나는 걸음을 멈추지 않았다. 내가 그녀를 향해 발길을 돌리는 일은 없을 것이다.
"기다려!"
그녀가 소리쳤다.
"율리안, 기다려봐. 미안해!"

3

나는 몇 미터를 더 걸어갔다. 하지만 헤드빅은 포기하지 않고 계속 소리쳤다.

"그럴 마음은 없었다니까!"

잠시 후, 등 뒤에서 발소리가 들려왔다. 나는 고개를 돌렸다. 그녀가 날듯이 뛰어오고 있었다. 내 옆에서 걸음을 멈춘 그녀가 숨을 헉헉 몰아쉬었다.

"미안해, 미안하다고, 미안하다 했잖아."

나는 뭐라고 대답해야 할지 알 수 없었다. 나도 미안하다고 말해야 할까. 하지만 그럴 필요는 없을 것 같았다. 어차피 그녀와 다시 만날 생각은 없으니까.

"난 집에 가야 해."
"정말 지금 집에 꼭 가야 하니?"
헤드빅이 물었다.
"숙제를 해야 하거든."
"금요일이잖아."
"추가 숙제가 있어. 아주 많아… 어… 주말 숙제. 학교에서 최근에 새로 내준 숙제야."
"난 우리가 친구로 지낼 수 있을 거라고 생각했어."
"친구?"
"좀 이상하게 들리긴 하겠지. 하지만 만약 우리가 친구가 되지 않으면 둘 다 나중에 후회할지도 몰라. 지금 우리가 헤어져서 각자의 집으로 돌아간다면, 우린 평생 후회할 거야."
"그래? 평생 후회할 거라고?"
나는 눈앞에 있는 여자아이가 지금까지 만난 사람 중에서 가장 이상하다고 생각했다.
"그래서 우리가 지금 각자의 집으로 돌아가는 대신 네가 우리 집에 같이 가는 건 어때?"
"알았어."
헤드빅의 얼굴에 환한 미소가 번졌다. 커다랗고 환한 그녀의 미소를 보니, 그녀를 따라 미소 짓지 않을 수 없었다.
"코코아를 만들어 먹자."
헤드빅이 말했다.
"코코아?"
그녀가 코코아 이야기를 하니 나는 갑자기 두려워졌다. 왜냐하면 코코아는 내가 이 세상에서 가장 좋아하는 것이니까.
"크리스마스 과자도 있어."
헤드빅이 덧붙였다.
"크리스마스 과자…"
말을 마치자마자 내 뱃속에서 꼬르륵 소리가 들렸다.
크리스마스 과자도 내가 가장 좋아하는 것 중의 하나다. 특히 코코아와 같이 먹는다면.
"그리 멀지 않아."
헤드빅이 말했다.

"저 모퉁이만 돌면 우리 집이야. 피오르가 2번지."
"알았어. 숙제는 조금 미뤄도 될 것 같아. 네가 코코아를 만들어주겠다니…"
그렇게 해서 나는 헤드빅 한센의 집을 방문하게 되었다.

그녀의 집은 흰색 페인트칠을 한 오래된 건물이었다. 커다란 정원에는 하얀 눈을 이고 있는 나무와 덤불들로 가득했다. 창문에서는 따스한 불빛이 새어나오고 있었으며, 대문에는 붉은색 리본으로 장식한 커다란 크리스마스 화환이 걸려 있었다.

헤드빅이 대문을 열고 안으로 들어갔다.
"집에 누가 있나요?"
아무런 소리도 들리지 않았다.
"밖에 산책을 나간 모양이야."
그녀가 말했다.

나는 신발을 벗어 나란히 정리해두었다. 현관에는 짝을 이룬 신발이 여러 켤레 있었다. 갈색 남자용 신발, 검은색 여자용 부츠, 그리고 내 발 사이즈와 비슷해 보이는 운동화도 있었다.

"남자 형제도 있니?"
"응. 오빠가 한 명 있어. 네가 우리 오빠를 만나면 좋겠어. 우리 오빠는 그림을 아주 잘 그리거든. 나도 가끔 그림을 그리긴 해. 하지만 마음먹은 대로 잘 안 돼. 머릿속으로는 그림을 어떻게 그려야 할지 너무나 잘 알고 있지만, 그걸 종이 위에 그대로 그리지 못하는 거지. 이해할 수 있겠니? 내가 그림을 그리면 그리려고 했던 사물과는 완전히 다른 형체가

나와. 딱딱하고 삐뚤빼뚤한 연필 자국밖에 만들어낼 수가 없어. 하지만 우리 오빠의 그림은… 마치 그림이 금방이라도 살아서 종이 밖으로 뛰쳐나올 것만 같아. 난 진심으로 네가 우리 오빠와 만났으면 좋겠어. 그러면 너도 우리 오빠의 그림을 볼 수 있을 거야."

그녀가 내 겉옷을 받아 옷걸이에 걸린 자신의 코트 옆에 걸었다. 옷걸이에는 빈자리가 거의 없었다. 스카프와 모자, 두꺼운 재킷과 코트 등 겨울옷이 가득 걸려 있었기 때문이다.

"다락방 빌라에 온 것을 환영해. 이 세상에서 내가 아는 장소 중 가장 좋은 곳이지."

헤드빅이 말했다.

"너희 집엔 따로 이름이 있니?"

"각각의 건물도 그 가치를 존중받기 위해선 격에 맞는 이름을 갖추어야 한다고 생각해. 너희 집은 이름이 없니? 그렇다면 네 부모님에게 하루빨리 말씀드려. 머리를 맞대고 그럴싸하면서도 재미있는 집 이름을 짓자고 말이야. 난 다락방 빌라라는 우리 집 이름이 마음에 들어. 빌라와 다락방이라는 의미의 조합도 꽤 매력적이라고 생각해. 이 집에 이사 와서 처음으로 발을 들여놓았던 날, 나는 직감적으로 이 집에서 행복하게 살 수 있을 것 같다고 느꼈어. 집 이름이 이처럼 아늑하고 정겹다면 여기에 사는 사람들도 행복할 수밖에 없을 거라고."

"응. 그럴지도 모르겠다. 그런데 넌 언제 여기로 이사 왔니?"

"아주 어렸을 때."

헤드빅이 손짓을 했다.

"이쪽으로 와. 부엌은 여기야."

그녀는 좌우에 여러 개의 문이 나란히 늘어선 긴 복도로 나를 잡아끌었다. 문이 살짝 열려 있는 방도 있었지만, 안을 들여다볼 수는 없었다. 헤드빅은 종종걸음으로 걸어가 왼쪽 세 번째 문을 열었다.

부엌은 넓었고, 벽은 푸른색 페인트칠이 되어 있었다. 은은히 배어 있는 크리스마스 과자 향이 코끝을 스치자 갑자기 배가 더 고파졌다. 벽에는 프라이팬과 냄비가 걸려 있었고, 오븐 옆에 있는 꽃무늬 항아리 속에는 국자와 수품기 등이 가득 꽂혀 있었다. 헤드빅은 부엌에 자주 들어와본 듯 익숙한 손놀림으로 벽에 걸려 있는 냄비를 내렸다.

레인지에 열을 가한 다음 냄비를 올린 그녀는 커다란 냉장고에서 우유를 꺼낸 뒤 서랍에서 조리용 초콜릿을 꺼냈다. 냄비에 우유를 붓고 초콜릿을 부스러뜨려 넣은 후, 꽃무늬 항아리에 들어 있는 거품기를 꺼내 천천히 우유를 젓기 시작했다.

"너는 음식을 자주 만드니?"

나는 헤드빅에게 물어보았다.

"당연하지. 특히 코코아는 굉장히 자주 만들어 먹어."

그녀는 우유를 한 방울도 튀지 않게 조심스레 젓더니, 갑자기 무슨 생각이라도 난 듯 소리쳤다.

"크림이 있어야 해!"

그녀는 얼른 냉장고 문을 열고 오목한 접시를 하나 꺼냈다. 그 속에는 이미 만들어놓은 휘핑크림이 들어 있었다.

"오늘 아침에 먹다 남은 거야."

헤드빅이 말했다.

"너희 가족은 매일 아침 코코아를 마시니?"

"거의 매일. 내가 아침 식사 메뉴를 결정할 때는 늘 코코아를 마셔."

"네가 결정할 수 있는 일이야?"

"내가 결정할 수 없는 일이라고 생각해?"

그녀는 웃음을 터뜨렸다. 그녀의 벌어진 앞니가 훤히 보였다.

그녀가 따뜻하게 데운 코코아를 파란색 머그잔에 따른 뒤 커다란 숟가락으로 휘핑크림을 듬뿍 떠넣었다. 식탁 위에 크리스마스 과자를 올려놓은 그녀가 양팔을 활짝 벌려보였다.

"좋은 친구! 우리 집에 온 것을 환영해. 내가 널 만나게 되어 얼마나 기쁜지 너는 짐작도 못할 거야."

우리가 부엌에 함께 앉아 코코아를 마시면서 나이 많은 할아버지처럼 입술 위에 하얀 우유 수염을 만드는 동안, 나는 우리의 만남을 그녀만 기뻐하는 것은 아니라고 생각했다. 나도 우리의 만남이 기쁠 뿐 아니라, 심지어는 이 만남이 매우 중요하다고 생각했다…

하지만 그때는 헤드빅이 앞으로의 내 삶을 바꾸리라고는 상상조차 하지 못했다.

4

코아를 다 마신 후, 나는 그곳에 더 있고 싶었지만 집에 가야 할 것 같다는 생각에 마지 못해 몸을 일으켰다. 잘 모르는 여자아이 집에 너무 오래 있는 것도 예의에 어긋나는 일 같았기 때문이다.

"이제 집에 가야 할 것 같아."

"집에 가야 할 것 같다고?"

헤드빅이 되물었다.

"응, 그럴 것 같은데?"

내가 방금 한 말이 얼떨결에 질문이 되어버렸다는 것을 알아차렸다.

"그렇다면 꼭 그렇게 하지 않아도 되잖아?"

헤드빅이 소리 내어 웃었다.

"뭐?"

"우리 오빠가 자주 하던 말이야. 난 우리 오빠 말이 맞다고 생각해. 어떤 일을 해야 할 것 같 다고 생각하는 중이라면, 조금 더 기다려도 된다는 뜻이야. 적어도 난 그렇게 해석했어. 오빠도 그런 의도로 말했을 거라고 생각해."

"아, 그렇구나."

나는 헤드빅의 오빠가 내 마음에 쏙 드는 사람이라고 생각했다.

"숨바꼭질을 좋아하니? 네가 좋아하면 좋겠어. 대부분의 아이는 숨바꼭질을 싫어하지 않아. 게다가 이 도시에서 숨바꼭질하기에 가장 좋은 건물 안에 있는데, 숨바꼭질을 하지 않을 이유도

없잖아?"

"거의 그렇겠구나."

"거의? 그건 아냐. 아주 당연한 일이라고!"

"알았어."

나는 두 다리가 살짝 떨려오는 것을 느꼈다. 그녀와 함께 숨바꼭질할 생각을 하니 벌써부터 가슴이 뛰었다.

"내가 술래를 할게. 네가 먼저 숨어. 네가 먼저 술래를 하는 건 정당하지 않아. 왜냐하면 난 이 집의 구석구석을 잘 알고 있거든. 내가 먼저 숨는다면 네가 나를 찾아낼 가능성은 없어. 난

그런 일이 일어나길 원하지 않아. 네게서 멀어지는 일을."

헤드빅이 말했다.

그녀가 문 옆에 기대어 섰다.

"스물까지 셀게."

그녀가 두 눈을 질끈 감았다.

"하나… 둘… 셋…"

나는 서둘러 복도로 나갔다. 살며시 부엌문을 닫고 주위를 둘러보았다. 복도 양옆에는 문 세 개가 각각 나란히 있었고, 복도 끝에는 이층으로 향하는 계단이 있었다. 나는 얼른 가장 가까이 있는 문을 열어보았다. 그곳은 거실이었다. 나는 살금살금 안으로 들어갔다. 벽은 녹색 벽지로 장식되어 있었고, 한쪽 구석에는 검은색 철제 난로에서 온기가 흘러나오고 있었다. 물론 그곳에도 크리스마스 장식이 되어 있었다. 창문에는 산타클로스 종이 인형과 반짝이는 별 모양 전구가 걸려 있었다. 한쪽 가장자리에는 커다란 소파가 자리하고 있었고, 그 위에는 푹신한 쿠션이 놓여 있었다. 그 소파를 보니 나이 많은 노부인이 떠올랐다. 나는 푹신한 쿠션에 몸을 파묻고 싶은 충동을 느꼈다.

하지만 나는 숨바꼭질을 하는 중이었고, 거실에서는 몸을 숨길 만한 적당한 장소를 찾을 수 없었다.

나는 서둘러 그곳을 빠져나왔다. 헤드빅은 여전히 소리 내어 숫자를 세고 있었다.

"열… 열하나… 열둘…"

옆방 문을 열어보았다. 그곳은 커다란 서재였다. 나는 사방에 빼곡하게 쌓여 있는 책들을 바라보았다. 대부분은 낡고 오래된 책이었다. 갈색 가죽 표지에 황금빛 글자로 새겨진 책 제목이 눈에 들어왔다. 바닥에는 두꺼운 카펫이 깔려 있었고, 창가에는 하얀 흔들의자가 있었다. 창틀에는 커다란 크리스마스 양초가 놓여 있었는데, 그중 세 개는 거의 다 타들어가 크기가 작았다. 이제 며칠만 더 있으면 크리스마스를 앞둔 마지막 일요일이니까.*

서재 역시 내가 몸을 숨길 만한 곳은 없었다. 마음이 급해졌다. 나는 시둘러 복도로 나갔다.

"열다섯… 열여섯… 열일곱…"

---

* 대부분의 유럽 국가에서는 크리스마스를 앞둔 한 달 전부터 매주 일요일 날 양초를 하나씩 태운다. 따라서 크리스마스가 되면 12월 첫째 주에 불을 붙인 양초는 마지막 주에 불을 붙인 양초보다 더 많이 타 들어간 모습을 보이는 것이 일반적이다.

헤드빅의 목소리가 들렸다.

나는 서재를 나오려다가 갑자기 걸음을 멈췄다. 이상하기 짝이 없었다…

나는 다시 서재 안으로 발길을 돌렸다.

뭔가 이상했다.

새것처럼 반짝반짝 윤기 흐르던 흰색 흔들의자가 갑자기 회색으로 보이는 것이 아닌가. 뿐만 아니라 의자에는 먼지가 쌓여 있었고 아주 오래되고 낡아 보이기까지 했다.

나는 그 자리에 꼼짝 않고 서서 껌벅이는 두 눈을 비벼보았다. 불빛 때문에 내가 잘못 본 건 아닐까. 흔들의자의 한쪽 면은 윤기 나는 흰색이고, 다른 한쪽은 회색일 가능성도 있으니까.

그렇다. 틀림없이 그럴 것이다.

"열아홉… 스물…"

앗, 얼른 숨어야 하는데 어떡하지!

나는 서둘러 복도로 나가서 마지막으로 흔들의자를 한 번 더 쳐다보았다. 이번에는 분명 윤기 나는 흰색 의자일 거야. 불빛 때문에 내가 착각했던 게 틀림없어.

서재 옆의 문을 열자 작은 창고가 나타났다. 나는 얼른 그곳에 숨었다. 그와 동시에 헤드빅의 목소리가 들렸다.

"아직 숨지 못한 사람은 그 자리에 그대로 서 있어야 해!"

그녀의 발소리는 두꺼운 카펫에 흡수되어 거의 들리지 않았다. 나는 살짝 열어 둔 창고 문 사이로 그녀의 모습을 볼 수 있었다.

그녀는 방마다 문을 열고 들어가 꽤 오랫동안 나를 찾았다. 곧 이층으로 올라간 그녀는 내려올 생각을 하지 않았다. 아주 오랫동안.

나는 여전히 창고 안에서 숨을 죽이며 숨어 있었다. 시간이 흐르니 답답해서 숨이 막히기 시작했다. 세척제 냄새가 코를 찔렀고, 세워둔 빗자루 끝이 목을 긴질였다. 나는 좀더 편안한 자세를 찾아보려 몸을 비틀었지만 선반에 놓여 있는 물건들을 끌어내리기 전에는 불가능할 것 같았다.

나는 다시 흔들의자를 떠올렸다. 분명 불빛 때문이었을 거야. 그런데도 여전히 이상하긴 마찬가지였다. 이런 일은 한 번도 경험해본 적이 없었다. 불빛에 속아 넘어가다니.

그게 불빛 때문이라면 말이다.

집 안은 쥐죽은 듯 조용했다. 헤드빅의 발소리도 들리지 않았다. 그녀는 도대체 얼마나 오랫동안 이층에 머무를 생각일까… 혹시 어디론가 가버린 건 아닐까. 만약 이 집에 지금 나 혼자 있는 것이라면… 솔직히 흔들의자가 두려운 건 아니지만, 헤드빅도 없는 낯선 집에 혼자 있다고 생각하니 조금씩 무서워지기 시작했다.

창고에서 나가 그녀를 찾아볼까. 어쩌면 그녀는 내게 아무 말도 하지 않고 숨바꼭질을 그만두었는지도 모른다.

그 순간 창고 문이 활짝 열렸다.

나는 깜짝 놀라 제자리에서 펄쩍 뛰었다.

헤드빅이 나를 바라보며 큰 소리로 웃고 있었다.

"찾았어! 난 네가 어디 있는지 처음부터 알고 있었어. 내가 이곳을 지날 때, 문틈으로 반짝이는 네 눈동자를 봤거든. 하지만 난 네가 이곳에서 혼자 시간을 보내면 좋겠다고 생각했어. 그래서 계단 위로 올라갔던 거야. 그리고 다른 쪽 계단으로 내려왔지. 네가 문틈으로 나를 볼 수 없도록 말이야. 많이 놀랐니? 오, 율리안, 말을 해봐. 나 때문에 많이 놀랐어? 네 얼굴이 너무 창백해졌어. 너를 놀라게 할 마음은 조금도 없었어. 단지 재미있으라고 했던 일인데. 미안해. 내가 너를 놀라게 했다면 진심으로 사과할게."

나는 온몸을 바들바들 떨었다. 헤드빅이 말한 대로 내 얼굴은 창백해졌을 것이다. 그렇다. 나는 그녀 때문에 정말 많이 놀랐다. 하지만 미안해하는 그녀를 보니 미소 짓지 않을 수 없었다.

"괜찮아. 하지만 네가 나를 놀라게 한 건 사실이야. 그뿐이야."

헤드빅은 다시 소리 내어 웃기 시작했다.

"정말 그런 것 같아! 난 사람을 놀라게 하는 데 재주가 있나봐. 이번엔 네가 술래를 해볼래? 그다지 어렵지 않게 나를 찾을 수 있는 곳에 숨을게."

나는 손목시계를 내려다보았다.

"이제 곧 저녁 먹을 시간이야. 집에 가야 해."

"그래? 정말 지금 집에 가야 하니?"

그녀는 크리스마스트리 밑에 있는 가장 크고 예쁜 선물 상자를 누군가에게 빼앗긴 것처럼 실망한 표정을 지었다.

"너도 곧 저녁 먹을 시간이 되지 않았니?"

"응. 맞아."

헤드빅이 대답했다.

나는 현관으로 가서 신발을 신은 다음 옷걸이에 걸려 있는 재킷을 집어 들었다.

"안녕. 다음에 또 보자."

"응, 그래."

헤드빅이 말했다.

그녀의 얼굴이 환하게 밝아졌다.

"내일도 우리 집에 올래?"

"내일?"

"내일은 토요일이잖아. 우리 집에 와서 같이 아침을 먹자. 내가 요리를 해줄게! 내가 계란을 얼마나 잘 굽는지 넌 상상도 못 할 거야!"

나는 웃지 않을 수 없었다.

"고맙지만, 아침은 우리 집에서 먹는 게 좋을 것 같아."

"오… 그러면 아침 식사 후엔 어때? 아침을 먹고 우리 집에 오면 되잖아. 그렇게 하렴. 오, 제발 그렇게 해줘!"

나는 고개를 끄덕였다.

"그렇게 할게."

신발을 신던 나는 들뜨는 마음을 감출 수 없었다. 그녀와의 만남은 생각했던 것보다 훨씬 좋았다. 앞으로 무언가 기대할 만한 일이 나를 기다리고 있을 것 같다는 생각에 말할 수 없이 기분이 좋았다. 언제 이런 기분을 느꼈는지 생각나지 않을 정도였다.

나는 총총걸음으로 걸어갔다. 집까지는 거리가 꽤 멀었다. 그녀의 집은 도시 반대쪽에 있었으니까. 내 몸에는 여전히 다락방 빌라의 훈훈한 온기가 배어 있었다. 그런 집에서 살 수 있다면! 그런 집에서 살면서 이미 크리스마스 장식을 다 해놓았다면! 우리 집에는 조그만 별 모양 장식조차 없었다. 엄마와 아빠는 크리스마스까지 엿새밖에 남지 않았다는 것을 모르는 모양이었다.

아니, 어쩌면 엄마 아빠는 오늘 크리스마스를 떠올렸을지도 모른다. 엄마는 퇴근길에 가게에 들러 크리스마스 꽃다발을 샀을지도 모르고, 아빠는 크리스마스 양초를 꽂기 위한 청동 촛대를 윤기가 반짝반짝 나도록 닦고 있을지도 모른다. 아빠는 촛대에 꽂을 보라색 양초를 사오라고 엄마에게 전화했을지도 모른다. 어쩌면 내가 집에 도착할 때쯤이면 양초 세 개에 이미 불이 켜져 있을지도 모른다.

나는 집을 향해 서둘러 발걸음을 옮기며 이런 생각을 했다. 요즘 나는 집에 가면서 줄곧 크리스마스에 대해 생각했다. 하지만 우리 집에는 아무런 변화가 일어나지 않았다. 크리스마스가 다가왔다는 느낌은 어디에서도 찾아볼 수 없었다.

대문을 열고 현관으로 들어갔다. 순간 다섯 시를 알리는 시계 종소리가 들려왔고, 생선어묵 냄새가 코를 간질였다. 어묵. 이건 일종의 암시일까? 생선어묵은 크리스마스와 관련 있다고 할 수는 없는 음식이다. 주말을 앞둔 금요일에 주로 먹는 음식도 아니다. 하지만 우리 가족은 최근에 갑자기 생선어묵을 부쩍 많이 먹기 시작했다. 생선어묵이나 미트볼 또는 생선 그라탱. 혹시 부모님은 다른 음식이 있다는 걸 잊은 게 아닐까.

아우구스타가 현관에 나와 소리쳤다.

"이제 왔어? 얼른 저녁 먹으러 들어와."

"응. 참, 오늘 하루 잘 지냈니?"

"응."

다섯 살인 아우구스타는 내 팔 중간쯤에 이를 정도로 자랐다. 아우구스타에게선 유치원 아이들에게서 나는 특유의 냄새가 났다. 고무장화와 우유, 비누 향이 섞인 듯한 냄새. 그녀의 볼은 너무나 말랑말랑해서 난 그 볼에 가끔 코를 비벼대기도 했다. 하지만 아우구스타가 매번 내게 코를 비비도록 허락하진 않았다. 아우구스타는 한번 아니라고 하면 아닌, 고집 세고 주관이 뚜렷한 아이였다. 가끔 엄마가 체념한 듯 양손을 위로 쭉 뻗으며 이렇게 고집 센 아이를 어떻게 하면 좋을지 모르겠다고 한탄할 때마다 아우구스타는 불같이 화를 내곤 했다. 아빠는 아우구스타가 이미 오래전에 폭발하지 않은 게 이상할 정도라고 말했다. 부모님은 아우구스타를 다이너마이트라고 불렀다.

하지만 지난여름부터는 아무도 아우구스타를 다이너마이트라고 부르지 않았다. 아우구스타가 불같이 화를 내지 않았기 때문이다.

나는 동생을 따라 부엌으로 들어갔다. 식탁 위에는 저녁 식사가 차려져 있었다. 삶은 감자와 생선어묵 그리고 채 썬 당근. 힘이 쭉 빠졌다. 기대했던 크리스마스 꽃다발과 대림절을 알리는 양초가 오늘도 보이지 않았기 때문이다.

엄마는 내 머리를 재빨리 쓰다듬었고, 아빠는 나를 잠깐 안아주었다.
"이제 왔니, 율리안."
엄마가 말했다.
"오늘 잘 지냈니?"
아빠가 물었다.
"네."
나는 더 이상 아무 말도 하지 않았다. 나를 바라보면서 내가 말하기를 기다리는 사람이 아무도 없었기 때문이다. 그것은 부모님이 자식에게 던지는 일반적인 말일 뿐이며, 대답을 기대하지 않는 질문일 뿐이었다.
"엄마 아빠는 오늘 하루 잘 지내셨어요?"

나는 감자를 한 개 집어 들며 물어보았다.

"응."

엄마가 대답했다.

"응."

아빠가 대답했다.

"응."

아우구스타가 대답했다.

우리는 말없이 감자 껍질을 벗기기 시작했다. 나는 엄마를 바라본 후, 아빠에게 눈길을 돌렸다. 두 사람은 평소와 조금도 다르지 않았다.

엄마의 헤어스타일도 그대로였고, 아빠의 안경도 그대로였다. 내가 기억하는 한 두 분의 모습은 아주 오랫동안 바뀌지 않았다. 그런데도 지난 반년 사이에 부모님은 많이 달라졌다. 문득 지금 내 앞에 앉아 있는 두 사람은 내가 아는 부모님의 복제인간이 아닐까 하는 생각이 스쳤다. 엄마와 아빠의 본모습을 전혀 모르는 복제인간들. 예전의 아빠는 항상 주말에 무엇을 할지, 심지어 일 년 후에 무엇을 할지 들뜬 모습으로 계획을 세우곤 했다. 가끔은 들뜬 마음을 감출 수 없어 의자 위에서 몸을 들썩이기까지 했다. 엄마는 직장에서 일어난 재미있는 일들을 이야기해주며 소리 내어 웃곤 했다. 엄마의 웃음소리는 너무 커서 내 얼굴이 붉어질 정도였다. 하지만 아빠는 엄마의 그 매력적인 웃음소리에 반해서 엄마와 결혼했다고 말했다.

하지만 지금은 그런 부모님의 모습을 볼 수 없다. 내 앞에 앉아 있는 두 사람은 부모님을 닮은 사람일 뿐인지도 모른다.

갑자기 목이 메었다. 입안에 있던 감자 조각이 무지막지하게 자라는 것 같았다. 정말 두 사람이 엄마 아빠를 닮은 복제인간이라면. 내가 아는 엄마 아빠가 다시는 이곳에 올 수 없다면.

심지어 아우구스타도 복제인간일지 모른다는 생각이 들었다. 그녀는 예전과 달리 말없이 조용히 앉아 음식을 흘리지 않으려 조심하면서 포크로 감자를 입안에 밀어 넣고 있었다. 갑자기 다이너마이트 아우구스타가 그리웠다. 진심으로.

하지만 누구보다도 더 그리운 사람은 바로 유니 누나였다. 나는 우리 모두 누나를 그리워한다는 것을 잘 알고 있었다. 다 함께 누나의 묘지에 갈 수 있다면 얼마나 좋을까. 하지만 엄마 아빠는 누나의 묘지에 가기를 꺼려 했다. 나는 이유를 알 수 없었다. 한번은 나 혼자 누나의 묘지에 찾아간 적이 있다. 황량하고 어두컴컴한 묘지에 자리한 누나의 무덤에는 화환도 불이 켜진 양초도 없었다. 나는 발밑의 땅속에 누나가 누워 있다는 것을 잘 알고 있었다. 하지만 여전히 아무것도 이해할 수 없었다. 누나가 남기고 간 것은 무성한 잡초와 차가운 비석뿐이었다.

차가운 비석 앞에 서 있으니 내 심장도 차갑게 변하는 것 같았다. 더는 그곳에 서 있을 수 없었다. 나는 서둘러 그곳을 빠져나왔고, 그 후로 누나를 찾아가지 않았다.

"흠…"

엄마의 목소리였다.

"흠…"

아빠의 목소리였다.

"눈이 내리는군요."

엄마가 말했다.
"그렇군."
아빠가 말했다.
두 사람의 유일한 대화 주제는 날씨뿐인 것 같았다.
"저… 생각을 해봤는데요…"
나는 수저하며 말문을 열었다.
"응?"
엄마가 말했다.
"대림절 촛대를 꺼내는 건 어떨까요?"
"대림절 촛대?"

아빠가 되물었다.

두 사람은 일제히 나를 쳐다보았다. 마치 내가 우주에서 온 이상한 것들에 대해 이야기하고 있다는 듯 나를 바라본 것이다. 두 사람은 단 한 번도 대림절 촛대에 대해 들어본 적이 없는 사람들처럼 어리둥절한 표정을 지었다.

"이제 곧 대림절 넷째 주가 다가와요."

"정말 그러네."

엄마가 말했다.

"그렇구나."

아빠가 맞장구를 쳤다.

"그렇게 할 거죠?"

"그럴 때가 되었지."

엄마가 말했다.

"그렇지."

아빠가 말을 이었다.

"그런데 눈이 점점 많이 오기 시작하는걸."

두 사람은 다시 눈 이야기를 시작했다. 눈송이가 축축하고 무겁다고 했던가.

저녁 식사를 마친 후, 엄마는 밖으로 나가 눈을 치우기 시작했다. 나는 아빠를 쳐다보았다. 아빠가 아래층 창고로 내려가 청동 촛대를 가져와서 광택을 내기 위해 싹싹 문질러 닦기를 바랐던 것이다. 하지만 아빠는 부엌에서 뒷정리를 하느라 바빴다. 정리를 마친 아빠는 빨래를 시작했고, 눈을 치우고 들어온 엄마는 청소기를 돌렸다. 청결. 두 사람은 청결을 중요하게 생각했다. 예전보다 훨씬 더.

잠자리에 들 때까지도 보라색 양초는커녕 대림절 촛대조차 식탁 위에서 찾아볼 수 없었다. 하지만 내 마음속에서는 불꽃이 일고 있었다. 그것은 작고 차가운 불꽃. 화를 머금은 불꽃이었다. 나는 이불 속에서 몸을 웅크리고 솟구치는 슬픔을 억누르려 안간힘을 썼다. 아무것도 못 하는 무능한 복제인간을 부모로 두었다는 사실, 모든 것은 예전과 다름없지만 동시에 너무나 다르다는 사실 때문에 슬펐다. 생선어묵조차도 나를 슬프게 했다. 아주, 아주 슬프게 했다.

다음 날 아침, 나는 아침을 먹자마자 서둘러 헤드빅의 집으로 갔다. 그녀는 마당에서 눈을 굴리고 있었다. 조금씩 뭉쳐진 눈덩이는 더 굴리기 힘들 정도로 커졌다. 그녀는 내가 하얀 울타리를 사이에 두고 바로 옆에 다가갈 때까지도 내가 왔다는 것을 눈치채지 못했다.

"안녕!"

그녀가 고개를 돌리고 앞니를 훤히 드러내며 미소 지었다.

"왔구나!"

"응. 왔어."

"정말 네가 와주다니, 믿을 수가 없어. 정말 믿을 수가 없단다. 아니, 내 말은 네가 오기를 진심으로 바라고 있었다는 뜻이야. 난 어젯밤 자기 전에 네가 오늘 와주었으면 좋겠다고 두 손 모아 기도했어. 하지만 한편으로는 네가 안 올 것 같다는 생각도 했어. 그런데 이렇게 와주다니. 너무 좋아서 도저히 믿기지가 않아."

"도저히 믿기지 않는다면 믿어보는 것도 좋을 거야."

그녀는 내 말에 웃음을 터뜨렸다. 잠시 후 그녀는 턱으로 눈덩이를 가리켰다.

"나 좀 도와줘. 눈덩이가 너무 커져서 이젠 일 미터도 더 굴릴 수기 없어."

나는 울타리 문을 열고 들어가 그녀 옆에 자리를 잡고 섰다.

우리는 발목이 푹푹 빠질 정도로 소복이 쌓인 눈 위에서 함께 눈덩이를 굴렸다. 조금씩 앞으로 나아갈 때마다 눈덩이는 점점 더 커졌다. 마침내 두 사람이 힘을 합해도 눈덩이를 앞으로 굴리기 힘들 만큼 커졌다. 눈덩이는 단 일 밀리미터도 앞으로 움직이지 않았다.

"이보다 더 크게 만들 수는 없을 것 같아. 하지만 이 정도로도 충분해."

헤드빅이 말했다.

"무엇에 충분하다는 거니?"

"글쎄, 나도 모르겠어. 네 생각은 어때? 눈사람을 만들어볼까? 집에 당근도 있고, 낡은 모자도 있어. 담뱃대도 가져올까? 그런데 눈사람은 너무 흔하지 않니? 뭔가 좀 특이한 것을 만들었으면 좋겠어. 눈사람 아가씨를 만들어보는 건 어떨까? 눈사람은 대부분 남자잖아. 아니, 눈사람 아기도 좋을 것 같아. 엉금엉금 기는 아주 커다란 눈사람 아기. 괜찮을 것 같지? 아니면 눈사람 할머니도 좋지 않니? 심술궂은 눈사람 고모는 어떨까? 개구쟁이 눈사람 사촌도 좋을 것 같아. 아니면…"

"누나는 어때?"

생각지도 못했던 말이 내 입에서 튀어나왔다.

"눈사람 누나!"

헤드빅이 소리쳤다.

"좋은 생각이야, 율리안!"

"꼭 그럴 필요는 없지만… 심술궂은 눈사람 고모보다는 나을 것 같아서…"

"네 말이 맞아. 함께 눈사람 누나를 만들자. 내겐 눈사람 언니가 되겠지. 난 항상 언니가 있었으면 좋겠다고 생각했어. 물론 난 우리 오빠를 누구보다도 좋아하지만 말이야. 그런데 이제 정말 언니가 생겼어. 눈사람 언니."

우리는 함께 눈사람 누나를 만들었다. 눈송이가 축축해서 눈사람을 만들기는 그리 어렵지 않았다. 헤드빅은 손재주가 있는 것 같았다. 우리는 다시 눈덩이를 굴리기 시작했다. 조금 전보다 작은 눈덩이를 만들어 올리고, 다시 더 작은 눈덩이를 만들어 제일 위에 올려놓았다. 그런 다음 눈사람의 어깨를 만들고 팔을 만들었다. 가장 밑부분에 자리한 눈덩이는 커다란 치마가 되었다.

"예쁘게 치장을 한 것 같아. 크리스마스를 맞아 한껏 꾸민 것 같지 않니?"

헤드빅이 말했다.

우리는 눈으로 긴 머리를 만들어 붙였다. 코를 만들고, 솔방울로 눈을 만들었다. 헤드빅은 전나무 가지를 모아

꽃다발인 양 눈사람 손에 얹어놓았다.

"이건 크리스마로즈야. 누나나 언니는 크리스마스에 장미를 받고 싶어 할 것 같아."

헤드빅이 말했다.

"응."

갑자기 아무 말도 할 수가 없었다. 어쩌다 그렇게 되었는지 알 수 없지만, 우리가 만든 눈사람은 유니 누나와 너무나 닮아 있었다. 눈사람은 살아 있을 때의 유니 누나와 키도 비슷했고, 머리 길이도 비슷했다. 특히 눈사람의 턱은 유니 누나의 턱과 똑같았다.

나는 눈을 질끈 감았다. 만약… 만약 내가 눈을 떴을 때 유니 누나가 내 앞에 서 있다면… 살아 있는 유니 누나가 서 있다면…

나는 얼른 눈을 떴다. 바보 율리안. 네 눈앞에 있는 건 헤드빅의 정원에 쌓여 있던 눈덩이일 뿐이야. 솔방울과 나뭇가지를 얹어놓은 눈사람일 뿐이라고.

목이 따끔따끔 아파오기 시작했다. 나는 얼른 고개를 돌렸다. 헤드빅이 살그머니 내 팔에 손을 얹었다.

"무슨 일이니, 율리안?"

"아냐, 아무것도 아냐."

헤드빅은 한참 동안 나를 바라보았지만, 나는 그녀와 눈을 마주칠 수 없었다. 금방이라도 울음을 터뜨릴 것 같아 두려웠다. 나는 얼른 눈길을 돌렸다. 눈 위로, 나뭇가지 위로, 그리고 허공으로. 하지만 헤드빅의 손은 여전히 내 팔 위에 있었다.

"눈사람을 보고 누가 떠올랐던 거니?"

그녀가 나직이 물었다.

나는 그제야 눈을 들어 헤드빅의 상냥하고 따스한 녹색 눈동자를 바라보았다. 나는 고개를 끄덕였다.

"누구… 누가 떠올랐어?"

헤드빅이 물었다.

"내겐 누나가 한 명 있었어. 지난여름에 세상을 떠났어. 생일 전날. 살아 있다면 지금 열여섯 살이 되었을 거야."

바람이 한 줄기 스쳐 지나갔다. 헤드빅의 눈이 촉촉하게 젖어오기 시작했다. 하지만 나는 그것이 바람 때문이었는지, 내가 한 말 때문이었는지는 알 수 없었다. 갑자기 그녀가 몸을 굽혀 재빨리 나를 껴안았다. 몸을 뗀 그녀는 내가 무슨 말이라도 더 하기를 바라는 듯 제자리에 가만히 서 있었다. 나는 헤드빅에게는 어떤 이야기라도 할 수 있을 것 같았다. 하지만 차마 입을 뗄 수가 없었다. 한마디라도 내뱉으면 소리 내어 울 것 같았다. 나는 얼른 손을 내밀어 그녀의 팔을 쓰다듬어주었다. 그녀가 내 곁에 있어주는 것만으로도 고마웠기 때문이다. 나는 이런 내 마음을 그녀에게 전해주고 싶었다.

헤드빅은 차마 말문을 열지 못하는 나를 이해한다는 듯 미소를 지었다.

"난 추워. 배도 고파. 한 50년 동안 아무것도 먹지 않은 것처럼 무지 배가 고파. 참, 내가 계란을 구워주겠다고 약속했었지? 집에 들어갈래?"

"응. 고마워."

눈에 젖어 차갑고 축축한 겉옷을 벗고 나니 집 안의 훈훈한 온기가 나를 감쌌다. 다행히도 내 목을 따끔따끔하게 했던 감정은 이미 사라지고 난 후였다.

다락방 빌라는 어제보다 훨씬 안락하고 따스하게 느껴졌다. 활짝 열린 방문은 마치 우리를 환영하는 것 같았다. 하지만 집 안은 전날과 마찬가지로 쥐죽은 듯이 고요했다.

"오늘도 집에 우리밖에 없니?"

"식구들은 함께 쇼핑하러 갔어. 그리고 오빠는 아마 밖에서 스케이트를 타고 있을 거야."

"아, 그렇구나."

"네가 우리 집에 좀더 오래 머무르면, 우리 가족을 만날 수 있을 거야."

헤드빅은 재빨리 말을 얼버무렸다.

"아…"

나는 부엌 쪽으로 가면서 그녀에게 물었다.

"그건 그렇고, 계란 굽는 걸 도와줄까?"

"계란 굽는 걸 도와주겠다고? 전혀 그럴 필요 없어!"

그녀가 손으로 거실을 가리켰다.

"차라리 거실에 앉아서 기다리는 건 어때? 눈 깜짝할 사이에 요리가 끝날 거야."

나는 푹신한 쿠션이 가득한 커다란 소파 위로 올라갔다. 마치 할머니 무릎 위에 앉아 있는 것처럼 정겨움이 느껴졌다. 벽난로에는 장작이 타고 있었다.

나는 발가락을 벽난로 쪽으로 내밀어 언 발을 녹였다. 순식간에 기분 좋은 온기가 온몸을 감쌌다. 부엌에서 새어나오는 계란과 베이컨 냄새를 맡으니 군침이 돌기 시작했다.

작고 따스한 공처럼 몸을 웅크리는 순간, 창 너머로 무언가가 보였다. 자세히 보니 정원을 둘러싼 울타리 옆에 나이 많은 남자가 서 있었다. 집 안을 들여다보고 있던 남자의 얼굴에는 하얗고 긴 수염이 나 있었다. 하지만 친절하고 상냥해 보이진 않았다. 그는 말로 표현할 수 없는 기괴한 표정을 지으면서 다락방 빌라를 뚫어지게 바라보고 있었다. 그는 화를 내는 것 같기도 했고, 슬퍼하는 것 같기도 했다. 아니, 화를 내는 동시에 슬퍼하는 건 아닐까? 나는 몸을 일으켜 창가로 다가갔다. 나는 커튼 뒤에 몸을 숨기고 창밖의 남자를 바라보았다.

그는 울타리 문 위에 손을 올리고 잠시 주저했다. 집 안으로 들어오려는 것일까? 헤드빅의 친척일까? 나는 그가 헤드빅의 친척이나 가족이 아니기를 바랐다. 왠지 그가 무서웠기 때문이다. 그는 감싸 안기 힘들 정도로 크나큰 슬픔을 쏟아내고 있었다. 그것은 울분이었을지도 모른다. 어쨌든 나는 그것을 한마디로 정의할 수 없었다.

그가 울타리 문을 열고 천천히 정원으로 들어왔다. 그는 한 발짝, 한 발짝 주저하듯 조심스레 걸음을 옮겼다. 안으로 더 들어갈 것인지 아니면 발길을 돌려 다시 되돌아갈 것인지 결심하지 못한 것 같았다.

나는 얼른 복도로 뛰어나가 부엌에 있는 헤드빅을 향해 소리쳤다.

"헤드빅, 얼른 이리로 와봐. 저기 누가 왔어. 손님이 왔나봐."

"잠깐만. 지금 갈게. 누가 왔다고? 그럴 리가!"

헤드빅의 이마에는 굵은 주름이 생겨났다.

"그다지 기분 좋은 손님 같지는 않아."

우리는 함께 거실 창문 앞에 섰다. 나는 커튼 뒤에 몸을 숨기고 싶었다. 보아하니 헤드빅도 나와 같은 마음인 것 같았다. 우리는 양옆의 두꺼운 커튼 뒤에 몸을 숨기고 창밖을 내다보았다.

"그런데 네가 말한 사람은 어디 있니?"

헤드빅이 물었다.

"나도 모르겠어. 조금 전까지만 해도 저기 있었는데."

"어디?"

헤드빅이 다시 물었다.
"울타리 문을 열고 정원으로 들어왔었어."
우리는 눈 쌓인 정원을 살펴보았다. 현관으로 향하는 길도 자세히 들여다보았다. 그곳은 텅 비어 있었다. 내가 보았던 남자는 온데간데없이 사라져버렸다.
헤드빅이 내게 몸을 돌렸다.
"장난친 거지? 그렇지?"
"아니야. 정말이야. 진짜 낯선 남자가 저기 있었어. 혹시 네 할아버지가 아닐까?"
"아니야."
"삼촌이라든가?"
"내가 아는 한, 그런 삼촌은 없어."
"그렇다면…"
"네가 본 할아버지는 이제 잊어버려."
헤드빅이 말했다.
"앗, 계란이 다 타겠다."
그녀는 서둘러 부엌으로 돌아갔다.
나는 여전히 창가에 멍하니 서 있었다. 정원에는 헤드빅과 내가 만들어놓은 발자국이 가득했다. 현관으로 향하는 눈길도 우리의 발자국 때문에 단단히 다져져 있었다. 어디서도 낯선 남자의 발자국은 찾아볼 수 없었다. 갑자기 등골이 서늘해졌다. 어쩌면 내가 본 남자는 처음부터 이곳에 없었던 것은 아닐까?

우리는 사방이 보라색으로 장식된 거실 탁자 위에 음식을 차렸다.

"이 방은 대림절 방이야. 예쁘지 않니?"

헤드빅이 말했다.

"응, 아주 예뻐… 그런데 너희 집은 벌써 크리스마스 장식을 다 한 거야?"

나는 물어보지 않을 수 없었다. 왜냐하면 그 방도 크리스마스 장식으로 빈틈이 없었기 때문이었다. 종이로 접은 천사 인형은 창가에서 날갯짓을 했고, 천장에 걸린 샹들리에는 빨간색 리본으로 장식되어 있었으며, 탁자 한가운데는 커다란 양초를 꽂은 대림절 촛대가 놓여 있었다. 헤드빅의 집에는 방마다 대림절 촛대를 마련해둔 것 같았다.

"크리스마스 장식을 다 했냐고? 아니야. 아직 크리스마스 장식을 제대로 하지 않은 방도 많아. 크리스마스에는 여기저기를 빼곡하게 장식해야 돼. 그 이유를 아니?"

"글쎄, 모르겠는데?"

"거실에는 크리스마스 장식을 했는데 화장실에는 하지 않았다면 그건 매우 불공평한 일이라고 생각해. 화장실이 얼마나 슬퍼하겠니!"

"화장실이 슬퍼한다고?"

나는 웃지 않을 수 없었다.

"집에도 감정이 있어. 적어도 난 그렇다고 믿어. 방들은 제각각 다른 느낌과 감정을 지니고 있지. 특히 다락방 빌라는 더더욱 그래. 내가 무슨 말을 하는지 알겠니?"

"응."

나는 헤드빅의 말을 잘 이해할 수 있을 것 같았다. 다락방 빌라는 진정으로 살아 있는 집이라 해도 과언이 아니었으니까.

"난 장식하는 걸 아주 좋아해. 크리스마스에는 집 안 구석구석을 빠짐 없이 장식해야 한다고 생각해. 너는 그렇게 생각하지 않니? 이게 바로 크리스마스를 맞이하는 올바른 자세야. 크리스마스 장식은 아무리 해도 지나치지 않아. 심지어는 창고까지 장식을 해야 해. 난 창고에 작은 니세 인형*을 세워두었어. 빗자루를 가져오기 위해 창고 문을 열 때면 크리스마스인지 깜박 잊을 때도 있지 않겠니. 하지만 니세 인형을 보는 순간, 크리스마스라는 것을 기억하게 될 거야. 난 크리스마스가 일 년 중에서 가장 아름답고 중요한 날이기 때문에 항상 기억해야 한다고 생각해."

헤드빅이 말했다.

나는 그녀의 말에 고개를 끄덕이다가 문득 우리 집 지하 창고에 갇혀 있을 대림절 촛대가 떠올랐다.

나는 오전 내내 대림절 촛대를 머릿속에서 지울 수가 없었다. 결국 나는 다른 생각은 조금도 할 수 없게 되었다. 나는 헤드빅에게 작별 인사를 건네고 서둘러 집으로 돌아왔다.

대문을 열고 들어서니, 엄마와 아빠는 소파에 앉아 각자 신문을 읽고 있었다. 너무나 여유로워 보였다. 대림절 촛대를 꺼내오는 데 아직도 시간이 넉넉하다고 생각하는 것 같았다. 나는 부모님이 대림절 촛대를 까맣게 잊고 있을지도 모른다고 생각했다. 차라리 내가 직접 찾아오는 게 나을 것 같아서 지하 창고로 내려갔다.

촛대는 크리스마스 장식품을 넣어둔 종이박스와 함께 선반 위에 놓여 있었다. 촛대는 거뭇거뭇하게 녹이 슬어 있었다. 나는 촛대를 가지고 이층으로 올라갔다. 부엌 서랍에서 청동식기를 닦는 세제와 수건을 꺼냈다. 아빠가 했던 것처럼 먼저 세제를 촛대에 발라 흡수될 때까지 잠시 기다렸다가 수건으로 세제를 닦아냈다.

청동 촛대는 반짝이는 원래 색으로 돌아왔다.

나는 거뭇거뭇한 녹이 조금도 남아 있지 않을 때까지 수건으로 열심히 문질렀다. 윤기 나는 촛대를 식탁 위에 올려놓고 한참을 바라보았다. 만족스러웠다. 촛대는 황금색으로 반짝반짝 빛

---

*   니세(Nisse)는 스칸디나비아 전래동화에 등장하는 몸집이 자그마한 수호신이다. 크리스마스에는 니세를 위해 대문 밖에 쌀죽을 내놓는데 아침에 그릇이 비어 있으면 니세가 먹었다고 생각한다.

나고 있었다.

이제 남은 것은 양초를 찾아 불을 붙이는 일이었다.

서랍 속을 뒤져 낡은 양초 한 통과 성냥 한 갑을 찾아냈다. 부모님은 어둑어둑한 가을 저녁이 되면 자주 촛불을 밝혔다. 하지만 올해 가을에는 천장의 전구 불빛이 전부였다. 내가 찾아낸 양초는 작년에 산 흰색 양초였다. 도움이 되지 않았다.

나는 양초 네 개를 꺼내 촛대에 꽂았다. 똑바로 세울 수 없어서 은박지를 뭉쳐 양초를 받쳐 놓았다. 아빠가 했던 것을 기억하고 그대로 따라한 것이다. 나는 양초 세 개에 불을 붙이고 한 발짝 뒤로 물러났다.

보라색이 아닌 흰색 양초였지만, 불빛은 대림절이면 볼 수 있는 여느 불빛과 다르지 않았다. 벅찬 감동이 밀려왔다. 이제 우리 집에도 크리스마스 분위기가 감돌았다!

그때 아빠가 부엌에 들어와 커피머신을 향해 성큼성큼 걸어갔다. 식탁 위에 놓인 대림절 촛대를 보지 못한 것 같았다.

나는 헛기침을 했다.

"어! 감기 걸렸니?"

"아니에요."

"목도리를 해."

아빠는 잔을 들어 커피를 반쯤 채우고, 다시 거실로 가려 했다. 나는 다시 소리 내어 헛기침을 했다. 조금 전보다 훨씬 크게.

아빠가 걸음을 멈추고 나를 돌아보았다.

"정말 괜찮니?"

아빠는 여전히 식탁 위의 촛대로는 눈길을 돌리지 않았다. 내가 아는 예전의 아빠라면 부엌에 들어오자마자 촛대를 발견했을 것이다. 아빠는 주변의 일을 그냥 넘기는 법이 없었다. 특히 내가 살금살금 다가가 아빠 뒤에 서 있을 때면 귀신같이 알아채곤 했다. 하지만 지금 눈앞에 서 있는 복제인간 아빠는 무디기 짝이 없었다. 너무나 무뎌서 크리스마스를 즐길 가치조차 없는 사람 같았.

나는 침을 꿀꺽 삼켰다.

"크리스마스 분위기를 내려고 대림절 초를 마련했어요."

나는 재빨리 말을 내뱉은 후 손으로 식탁 위의 양초를 가리켰다.

"오, 그렇구나!"

"네, 보세요."

"촛대는 어디서 찾았니?"

"지하실 창고에서요."

"그렇군. 양초 세 개… 아…"

아빠는 숨을 멈추었다.

"내일은 네 번째 양초에 불을 붙여야 해요."

"시간이 참 빨리 가는구나."

아빠가 말했다.

"네."

"네가 직접 찾아서 가져왔단 말이지?"

"엄마 아빠가 잊은 것 같아서요."

"잊은 건 아니야."

"어쨌든 제가 찾아왔어요. 아빠가 했던 것처럼 녹도 닦아냈어요."
"잘했어. 정말 잘했어, 율리안."
아빠가 말했다.
하지만 아빠의 말에는 진심이 담겨 있지 않았다. 건성으로 말하는 아빠의 두 눈에는 여전히 초점이 없었다. 아빠는 내 머리를 쓰다듬은 후, 커피 잔을 들고 거실로 가버렸다.
나는 부엌에 혼자 서 있었다. 대림절 촛대에 꽂힌 양초 네 개와 함께. 양초들은 외롭고 슬퍼 보였다. 심지어 색깔조차도 대림절과는 어울리지 않는 흰색이었다. 나는 불을 훅 불어 껐다. 푸르스름하고 혐오스러운 연기가 허공에 매달렸다. 바보 같은 양초, 바보 같은 대림절.
나는 내 방으로 가서 문을 쾅 닫았다. 하지만 아무도 그 소리를 듣지 못한 것 같았다. 나는 침대에 몸을 던지고 베개에 얼굴을 파묻었다. 한참을 그렇게 누워 있으니 숨을 쉴 수가 없어 고개를 돌려야 했다.
율리안, 무언가 즐거운 것을 생각해봐. 나는 혼잣말로 중얼거렸다. 즐겁고 행복한 일을 떠올려보라고.
평소에 즐겁고 행복한 일을 떠올릴 때면 나는 항상 크리스마스이브를 생각했다. 하지만 지금은 소용없었다. 우리 집 크리스마스는 없는 것이나 마찬가지였으니까.
나는 헤드빅을 떠올렸다. 입가에 웃음을 머금은 그녀의 상냥한 얼굴. 그녀의 웃음소리가 생각나자 벅찬 감정과 훈훈한 온기가 내 몸을 감쌌다.
도움이 되었다.
헤드빅. 그녀는 항상 나를 친절하게 대해주었다. 이젠 내가 그녀에게 친절을 베풀 차례였다. 나는 그녀가 진심으로 기뻐할 만한 일을 해야겠다고 마음먹었다.
하지만 구체적으로 무엇을 해야 할지는 알 수 없었다.
침대에서 몸을 일으켜 책상 위에 있는 돼지 저금통을 들어올렸다. 지금 당장 서두른다면 가게 문을 닫기 전에 도착할 수 있을 거야.

8

나는 서둘러 헤드빅의 집으로 들어갔다.

아홉 시밖에 안 된 이른 시간이었지만, 나는 더 기다릴 수 없었다. 전날 그녀를 위해 선물을 산 후, 나는 그녀를 다시 만나기만을 기다려왔다.

"안녕!"

헤드빅은 놀란 표정으로 나를 바라보았다.

"이렇게 일찍? 얼굴이 발갛게 달아올랐어. 여기까지 뛰어왔니?"

"아냐… 아니… 조금."

나는 입가에 새어나오는 미소를 감출 수 없었다. 너무나 기뻐 뱃속에 비눗방울이 보글보글 생겨나는 것만 같았다.

나는 서둘러 재킷과 신발을 벗었다. 헤드빅은 그런 나를 호기심 어린 눈으로 지켜보았다. 집 안은 조용했다. 나는 배낭을 열고 선물을 꺼냈다. 푸른색 포장지에는 장미꽃이 그려져 있었다. 나는 가게 점원에게 산타클로스나 크리스마스 장식이 새겨지지 않은 보통 포장지를 달라고 부탁했다. 그녀에게 줄 선물은 크리스마스와는 상관이 없었으니까.

"내게 주는 거야?"

헤드빅이 물었다.

나는 그녀의 놀란 표정에 웃지 않을 수 없었다.

"응, 네게 주는 거야."

"하지만 크리스마스가 오려면 아직 멀었잖아?"

그녀가 말했다.

"이건 크리스마스 선물이 아니야. 얼른 받아."

그녀가 선물을 받을 생각이 없는 것 같아 나는 선물을 찔러주다시피 내밀어야 했다. 그녀는 그제야 두 손으로 선물을 받았다.

그녀는 제자리에 가만히 서서 선물을 내려다보기만 했다. 곧 그녀는 선물을 이리저리 돌려보기도 하고, 흔들어보기도 했다가 조심스레 꾹 눌러보기도 했다.

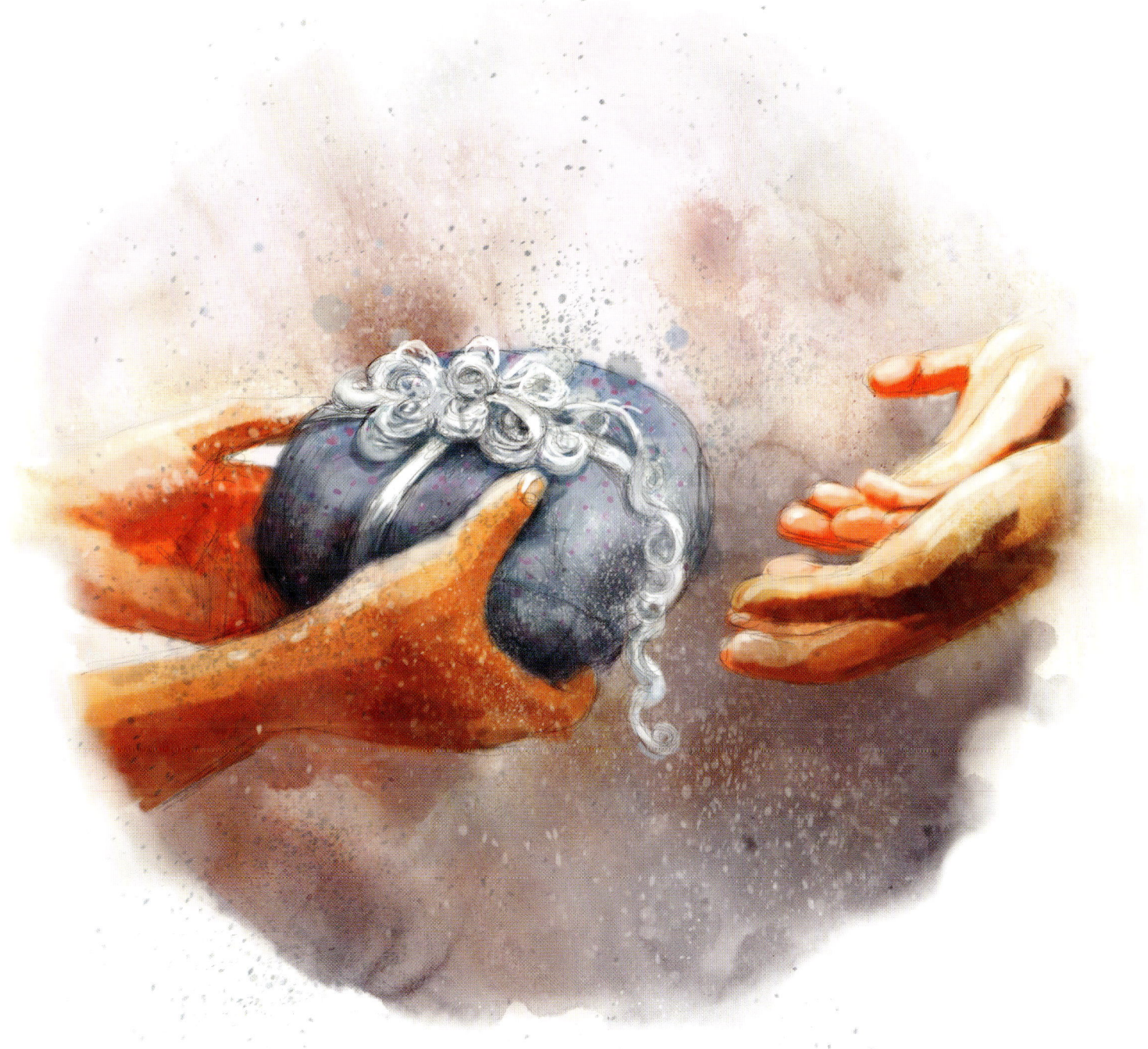

"그리 큰 것 같진 않네."

그녀가 말했다.

"맞아."

"딱딱한 상자도 아니고… 그런데 말이야, 어떤 사람들은 부드럽고 말랑말랑한 선물은 별로라고 말하기도 해. 하지만 난 그 말이 맞다고 생각하지 않아. 그저 그런 선물은 이 세상에 없어. 그게 바로 선물의 장점이라고 생각해. 선물은 포장되어 있다는 사실만으로도 받는 사람에게 감동을 줄 수 있어. 사람들은 포장지를 뜯어본 후에야 그것이 마음에 드는지 그렇지 않은지 알 수 있잖아. 그때는 이미 포장된 선물이 주는 기대감이 사라지고 난 후야. 그렇기 때문에 그럴듯한 상자에 들어 있지 않다고 해서 그 선물이 별로라고 말하는 사람들은 잘못 생각하고 있는 거야."

"응. 네 말도 일리가 있어."

"포장지가 아주 예쁘네."

그녀가 말했다.

"음… 이제 열어봐."

"알았어."

그녀는 제자리에 서서 선물을 바라보기만 하다가 갑자기 눈을 들어 나를 쳐다보았다.

"너무 기대돼!"

"열어봐!"

"하지만 포장지를 뜯으면 그 속에 뭐가 들어 있는지 알게 되잖아."

"그게 바로 선물의 의미 아니겠니."

"그런데 포장지를 뜯으면 벅찬 마음이 사라질까봐 두려워."

"응… 그래서…?"

"넌 아직도 이해를 못 하는구나. 들뜨고 벅찬 기분이 얼마나 좋은 건지! 마치 스케이트를 타고 머리가 어질어질해질 때까지 빙글빙글 돌면서 피루엣을 할 때처럼, 심장이 마구 뛰는 벅찬 기분을

상상해봐."

"어… 무슨 말인지 알 것 같기도 해."

심장, 스케이트, 피루엣, 벅찬 기분. 나는 헤드빅의 표현이 매우 독창적이라고 생각했다. 그녀처럼 말하는 사람을 나는 이제까지 본 적이 없었다. 그녀와 비슷하게 말하는 사람도 만나본 적이 없었다.

"선물을 열어봐."

나는 미소를 지으면서 말했다.

"아, 맞다. 그래야지. 심장이 피루엣을 도는 것도 한계가 있는 법이니까."

헤드빅이 말했다.

우리는 선물을 들고 붉은색으로 장식된 방으로 함께 들어갔다. 그녀는 탁자 위에 선물을 내려놓았고, 우리는 함께 소파에 앉았다. 그녀가 선물 포장지를 뜯기 시작했다.

그녀는 리본을 천천히 풀었다. 다른 사람들이 선물 포장을 벗길 때는 어떻게 하는지 모르겠지만, 적어도 나는 리본을 무지막지하게 풀어서 구겨버린 다음 바로 휴지통에 버리곤 했다. 만약 리본이 단단하게 묶여 있다면 가위로 자르고 나서 휴지통에 버렸다. 하지만 헤드빅은 매듭 속으로 조심스럽게 손톱을 집어넣어 매우 신중하게 리본을 푼 다음, 예쁘게 돌돌 말아 옆에 내려놓았다.

포장지를 벗겨낼 때도 가장자리에 있는 테이프를 하나하나 조심스럽게 뜯어냈다.

테이프를 모두 뜯어낸 후, 그녀는 선물을 무릎 위에 내려놓고 가만히 바라보기만 했다. 문득 무언가를 결심한 듯, 그녀는 숨을 크게 들이쉬고, 벗겨낸 포장지를 잘 접어 옆에 두었다.

그녀가 눈살을 찌푸리며 고개를 비스듬히 돌리는 모습을 보면서 나는 그녀가 내 선물의 의미를 제대로 이해하지 못했다고 생각했다. 마침내 그녀는 포장지 안에 있는 빨간 물건을 눈앞으로 들어올렸다.

"수영복!"

"파란색과 검은색도 있었지만, 네가 빨간색을 좋아할 것 같아서 빨간색으로 샀어."

"율리안!"

헤드빅이 소리쳤다.

그녀의 얼굴에 미소가 번지기 시작했다.

"고마워, 정말 고마워!"

그녀는 몸을 굽혀 나를 따뜻하게 안아주었다. 나도 그녀를 꼭 껴안았다. 내 심장이 피루엣을 도는 것만 같았다. 내가 주는 선물을 받고 이렇게 기뻐하는 사람을 본 적이 없었기 때문이다. 돼지 저금통을 거의 바닥낸 것도 나쁘지 않다고 생각했다.

그녀가 다시 멍하니 앉아 수영복을 바라보았다.

"준비됐니?"

"무슨 준비?"

헤드빅이 내게 되물었다.

"수영할 준비지 뭐긴 뭐야."

"뭐?"

"난 네게 수영을 가르쳐주려고 마음먹었어. 그래서 네게 수영복을 사준 거야."

"오늘? 지금 당장?"

"안 될 것도 없잖아? 수영장 문은 열려 있어."

그녀가 웃음을 터뜨렸다.

"맞아. 안 될 것도 없어."

나는 그녀가 준비할 동안 정원으로 나갔다. 나는 이미 배낭에 수건과 수영복, 샴푸 등을 넣어왔기 때문에 준비를 마친 셈이었다. 내가 수영장에 갔던 건 불과 이틀 전인 지난 금요일 방과 후였다. 하지만 느낌상 적어도 일주일은 지난 것 같았다. 이상했다. 어쩌면 그건 내가 헤드빅을 만났기 때문이 아닐까. 그녀를 만난 지 이틀밖에 되지 않았지만, 나는 우리가 아주 오래된 단짝친구 같다고 생각했다.

나는 우리의 눈사람 누나를 향해 걸어갔다. 벙어리장갑을 벗고 눈사람 위에 손을 올려보았다. 어제보다 훨씬 추워졌기 때문에 눈사람은 얼음처럼 단단해졌다. 만약 이런 추위가 계속된다면, 눈사람 누나는 꽤 오랫동안 형태를 유지할 수 있을 것 같았다. 나는 지난밤에 눈사람 머리 위에 쌓인 눈을 털어냈다.

그때 울타리 쪽에서 소리가 들렸다. 끼익하고 울타리 문이 열리는 소리였다. 누군가가 정원으로 들어오려는 모양이었다.

나는 얼른 눈사람 뒤에 몸을 숨기고 동정을 살폈다. 그였다. 무섭게 생긴 나이 많은 아저씨. 그는 정원 안으로 몇 발짝 걸어 들어왔다. 눈 위를 걷는 그의 발소리는 들을 수 없었다. 그

는 오늘도 안으로 들어갈지 발길을 돌릴지 마음을 정하지 못한 듯 주저했다.
　　그가 주머니 속으로 손을 찔러넣어 무언가를 찾았다. 딸그락거리는 소리가 났다. 주머니 속에서 열쇠 꾸러미를 꺼낸 그는 결심한 듯 열쇠를 하나 골라냈다. 굉장히 크고 녹슨 구식 열쇠였다.
　　그는 열쇠를 손에 들고 몇 걸음 앞으로 나아가다가, 다시 걸음을 멈췄다. 그는 고개를 들고 주변을 살폈다.
　　눈사람 뒤에 앉아 있던 나는 몸을 잔뜩 웅크리고 숨을 죽였다. 그가 눈사람 뒤에 숨어 있는 나를 보았을 리는 없었다. 그 순간 허공으로 피어오르는 하얀 입김이 눈에 들어왔다. 내 입김은 허공에서 하얀 구름을 만들어내고 있었다. 그가 내 입김을 보면 어떡하지!
　　나는 얼른 손으로 입을 막고 숨을 참았다.
　　수영을 꽤 오래 했기에 잠시 숨을 참는 건 식은 죽 먹기였다. 수영할 때 물속에선 숨을 참아야 하니까. 나는 일 분 정도 숨을 참을 수 있었기에 속으로 숫자를 세기 시작했다.
　　하나, 둘, 셋, 넷, 다섯…
　　눈사람 뒤에 꼼짝 않고 앉아 숨도 쉬지 않는다면 그가 나를 발견하지 못할 것이다. 하지만 그가 집 안으로 들어가면 어떡하지? 도대체 집 안에서 무엇을 할 생각일까? 그는 왜 헤드빅의 집 열쇠를 가지고 있는 걸까?
　　여섯, 일곱, 여덟, 아홉, 열…
　　만약 그가 집 안으로 들어가는 동시에 헤드빅이 집 밖으로 나온다면? 그녀에게 알려야 하지 않을까? 낯선 남자가 왔다고. 무슨 이유에서인지는 모르지만 그가 너희 집 열쇠를 가지고 있다고.
　　열하나, 열둘, 열셋, 열넷, 열다섯…
　　그런데 헤드빅은 지금 어디에 있을까? 낯선 남자는 지금 어디에 있을까? 그의 발소리를 들을 수 없다는 게 마음에 걸렸다. 발소리만 들을 수 있어도 그가 어디로 갔는지 짐작할 수 있을 텐데. 어쩌면 지금쯤 눈사람 뒤에 서서 나를 내려다보고 있는 건 아닐까. 아니, 어쩌면 집 밖으로 나갔을지도 모른다. 그런데 도대체 헤드빅은 지금 어디에 있을까?

9

나는 몸을 살짝 비틀어 대문을 바라보았다. 순간 헤드빅이 모습을 드러냈다. 그녀는 무언가가 잔뜩 들어 터질 것 같은 꽃무늬 가방을 들고 있었다. 그녀의 얼굴은 미소로 환하게 빛났다.

"율리안? 기다리게 해서 미안해. 난 수영장에 한 번도 가본 적이 없어서 뭘 준비해야 하는지 잘 몰라. 그래서 이것저것 챙기느라 시간이 좀 걸렸어. 하지만 그럭저럭 준비가 된 것 같아. 기다리느라 많이 지루했지, 율리안… 율리안? 어디 있니?"

헤드빅은 정원 아래쪽으로 내려왔다. 나는 그녀가 낯선 남자와 마주칠 것이라고 생각했다. 나이 많은 이상한 남자를 발견하고 깜짝 놀라겠지? 하지만 아무 일도 일어나지 않았다. 그녀는 계속 내 이름을 부르고 있었다.

"율리안? 수영장에 가기로 했잖아?"

나는 얼른 몸을 일으켰다.

그녀는 꽃무늬 가방을 들고 영문을 모르겠다는 표정으로 나를 바라보았다. 낯선 남자는 온데간데없이 사라져 찾을 수 없었다.

나는 몸을 돌려 길 아래쪽을 바라보았다. 거기에도 낯선 남자는 보이지 않았다.

"잠깐만 기다려봐."

나는 헤드빅에게 소리쳤다.

나는 울타리 너머 길모퉁이 쪽으로 가보았지만 여전히 낯선 남자는 보이지 않았다. 거리는 텅 비어 있었다.

나는 서둘러 헤드빅에게 돌아왔다. 낯선 남자는 소리 없이 재빨리 어디론가 가버린 것이 틀림없었다. 나는 이번에도 그를 놓쳤다는 사실에 슬슬 짜증이 나기 시작했다.

"무슨 일이야?"

헤드빅이 물었다.

"나이 많은 이상한 남자를 또 봤어."

"이상한 남자라니?"

"너도 기억하지? 어제 너희 집 정원에 들어왔던 사람 말이야."

그녀가 나를 빤히 쳐다보았다. 무슨 말인가를 하고 싶어 하는 눈치였다. 하지만 그녀는 입술을 깨물고 할 말을 삼켰다.

"그 남자가 열쇠를 가지고 있었어."

나는 말을 이었다.

"너희 집 열쇠를 가지고 있었다고."

헤드빅은 고개를 숙이고 발끝만 내려다보았다.

"너는 그 사람이 누군지 알고 있지?"

짜증이 밀려왔다. 낯선 남자뿐만 아니라 갑자기 무언가를 숨기려는 듯 비밀스러운 헤드빅을 향한 짜증이었다.

"열쇠를 가지고 있었다고!"

나는 다시 소리쳤다.

그녀가 마침내 고개를 들었다.

"그가 누군지 알 것 같기도 해…"

헤드빅이 주저하며 천천히 말했다.

그녀의 표정은 심각했고, 두 눈은 내가 한 번도 본 적 없는 눈빛을 띠고 있었다. 마치 무언가 날카로운 것에 찔려 고통스러워하는 것 같았다.

"그래?"

"응, 하지만 네게 말해줄 수 있을 것 같진 않아."

"하지만 왜… 그 남자가 두려워서 그러니?"

"그 이유도 말해줄 수 없을 것 같다는 생각이 들어."

"하지만… 도대체 누구기에… 왜 그가 너희 집 열쇠를 가지고 있지?"

그녀가 내게 한 발짝 다가왔다. 꽃무늬 가방을 눈 위에 내려놓고 두 팔로 나를 감싸 안았다.

"율리안, 네게 모든 것을 말해줄 수는 없어. 아직은 그럴 수 없단다. 하지만 난 네가 내 친구로 남아주기를 간절히 원해."

"난 친구로 지내지 말자는 말은 하지 않았어. 그런데 넌 그 남자가 열쇠로 대문을 열고 너희 집 안에 들어오는 게 두렵지 않니?"

"아니… 아니야, 난 두렵지 않아. 그런 일을 두려워하진 않아."

그녀가 내 재킷에 얼굴을 묻고 중얼거렸다.

"그런데 왜 내게 설명해줄 수 없는 거야?"

"더 이상 묻지 마. 부탁이야."

"네가 앞으로도 그 남자를 두려워하지 않겠다고 약속할 수 있겠니?"

그녀가 고개를 끄덕였다.

"약속할게."

하지만 그녀가 진심으로 하는 말 같지는 않았다.

만약 헤드빅이 집에 있을 때 두려움을 느낀다면… 만약 그녀가 혼자 있을 때 그가 대문을 열고 들어온다면…

하지만 나는 더 이상 아무 말도 하지 못했다. 헤드빅이 모자를 고쳐 쓰고 마치 아무 일도 없었다는 듯 나를 쳐다보았기 때문이다.

"이제 갈까? 우린 함께 수영장에 가기로 했잖아. 아, 내가 헤엄치는 법을 배울 수 있다니! 기대돼! 이제 가보자, 율리안."

"…응. 그러지 뭐."

"만세!"

이제 곧 크리스마스였기에 수영장은 텅 비어 있었다. 모두 크리스마스 선물을 준비하거나, 크리스마스 장식품을 만들거나, 과자를 굽거나, 숲에 가서 나무를 베는 등 크리스마스 준비로 분주하기 때문일 것이다. 그래서 수영장에는 헤드빅과 나뿐이었다.

나는 얕은 곳에서부터 시작했다.

헤드빅은 물에 들어가기를 망설였다. 나는 그녀가 혼자 투덜대는 것을 보았다.

"먼저 물에 익숙해져야 해."

"아…"

그녀는 조심조심 사다리를 타고 내려가 물에 들어갔다.

"물이 너무 차가워."

"그렇다고 물이 너를 잡아먹진 않을 거야."

나는 내가 수영을 처음 배울 때 아빠가 했던 말을 그대로 따라했다.

"두고 보면 알겠지."

그녀가 말했다.

"곧 물에 익숙해질 거야. 물속에 몸을 담가봐. 물이 턱까지 차오를 때까지."

그녀는 고개를 끄덕였지만, 여전히 제자리에 가만히 서 있었다.

"나를 따라해봐."

나는 그녀에게 시범을 보였다.

"이렇게 무릎을 굽히고."

그녀는 천천히 내가 시키는 대로 했다. 우리는 물이 턱에 닿을 때까지 몸을 웅크리고 앉았다.

"이제 숨을 멈추고 머리를 물속으로 집어넣어봐."

"싫어. 물이 허파 속으로 들어가면 어떡해?"

"아니야, 숨을 들이쉬지 않으면 그런 일은 없을 거야. 하지만 숨을 내쉬면 입으로 물방울을 만들 수 있어."

나는 시범을 보이기 위해 물속으로 머리를 집어넣었다. 하지만 물속에 오래 있을 수는 없었다. 그녀에게 쉽다는 것을 보여주고 싶었기 때문이다. 나는 물 위로 머리를 내밀고 미소를 지었다.

"봤지? 아주 쉬워."

"흠…"

그녀가 숨을 멈추고 머리를 물속에 집어넣었다.

나는 그녀가 금방 물 위로 머리를 치켜들 것이라고 생각했지만, 물 위로 올라온 것은 작은 물거품뿐이었다. 그녀는 물속에서 오랫동안 숨을 참았다.

마침내 그녀가 물 위로 모습을 드러냈다. 물에 젖은 그녀의 머리카락은 빨간 헬멧처럼 그녀의 머리를 감싸고 있었다.

"봤니? 해냈어!"

그녀가 소리 내어 웃으면서 말했다.

그녀는 몇 번 더 같은 동작을 되풀이했다. 잠시 후 나는 물 밖으로 나가자고 했다.

"물 밖으로 나가자고? 이제 겨우 해냈는데?"

그녀는 실망한 표정으로 말했다.

"물 밖에서 팔다리 움직이는 연습을 해야 돼."

헤드빅은 아주 빨리 배웠다. 그녀는 수영장 타일 위에서 내가 하는 동작을 잠시 지켜보더니 그것을 그대로 따라했다.

"아주 잘하는걸!"

그녀를 칭찬하는 내 목소리가 아빠의 목소리와 닮았다고 생각했다. 내가 무언가를 배울 때마다 나를 칭찬해주던 아빠의 목소리. 나는 칭찬이 큰 도움이 된다는 것을 알고 있었다. 칭찬을 받으면 더 빨리 배우기 마련이다.

"이렇게 잘하니까 다시 물속으로 들어가도 되겠는걸."

"그래! 좋아!"

"물속에서 방금 배웠던 팔 동작과 다리 동작을 그대로 해봐."

나는 물속에서 팔다리를 어떻게 움직여야 하는지 다시 보여주었다.

"이렇게?"

그녀가 내 흉내를 냈다.

"정확해."

"정말? 너랑 똑같니?"

그녀가 물었다.

"아주 똑같아. 이제 이렇게 몸을 앞으로 굽히고 헤엄을 치면 돼. 간단하지?"

나는 앞으로 나아가면서 헤엄치는 모습을 보여주었다. 두 다리로 물을 박차고 다시 구부렸다. 일곱 살 때 아빠가 내게 수영을 가르쳐주기 위해 보여주었던 동작을 헤드빅에게 그대로 보여주었다. 나는 몇 미터 앞으로 뻗어 나간 후, 고개를 돌려 그녀를 바라보았다.

"아주 쉬워."

"응, 쉬워 보여."

그녀가 말했다.

"할 수 있을 거야."

"응, 나도 그렇게 생각해. 아주 잘할 수 있을 것 같아!"

그녀가 물속으로 몸을 던졌다.

내가 처음 수영을 배울 때는 너무나 어려웠던 기억이 떠올랐다. 그러면서 수영을 할 수 있게 되었던 날, 얼마나 기뻤는지도 기억이 났다. 헤드빅도 마찬가지겠지. 그녀가 수영을 하며 기뻐할 생각을 하니 가슴이 벅차올랐다.

내가 그녀에게 수영을 가르치는 선생님이 되었다는 생각에 즐겁기도 했다. 누군가에게 무언가를 가르친다는 건 내게 처음 있는 일이었다. 지금까지는 항상 다른 사람에게서 무언가를 배우기만 했다. 대부분 어른들이었다. 아빠, 엄마 또는 선생님. 하지만 지금은 내가 선생님이었다. 헤드빅은 내가 책임져야 할 학생인 것이다. 만약 그녀가 수영을 배우지 못한다면 그건 내 책임이다.

심장이 쿵쿵 뛰기 시작했다. 나는 진심으로 그녀가 헤엄칠 수 있기를 바랐다.

헤드빅은 깊은 곳으로 움직이기 시작했다. 벌써 자신감이 생긴 것 같았다. 나는 그 모습에 너무나 기뻤다.

처음엔 나무랄 데 없었다. 그녀는 내게 배운 그대로 헤엄치고 있었다. 두 팔을 빠르게 앞뒤로 움직였고, 두 다리도 재빨리 아래위로 움직였다. 틀린 점은 찾아볼 수 없었다.

그녀는 몇 미터 앞으로 나아가는 데 성공했다. 하지만 그건 처음에 두 다리로 힘차게 물을 박차며 출발했기 때문일 수도 있었다. 갑자기 그녀가 동작을 멈췄다. 그녀는 팔다리를 허우적거리기 시작했다. 그녀는 더 이상 앞으로 나아가지 못했다.

그녀의 몸은 아래로 가라앉기 시작했다.

나는 뻣뻣이 서서 바라보기만 했다. 그녀는 두 팔을 허우적거리면서 온몸을 버둥거렸다. 하지만 도움이 되지 않았다. 그녀는 물속으로 가라앉고 있었다.

그녀는 발이 닿지 않는 깊은 곳에서 앞으로도 뒤로도 움직이지 못했다. 위로 올라오기는커녕 아래로 계속 가라앉기만 했다. 물에 빠진 것이다.

그 순간 나는 정신이 번쩍 들었다. 나는 얼른 물에 뛰어들어 재빨리 그녀에게 헤엄쳐갔다. 그녀의 머리를 물 위로 끌어올리자, 그녀는 숨을 몰아쉬었다. 나는 발을 딛고 설 수 있는 얕은 곳으로 그녀를 데려왔다. 그녀는 그제야 말을 하기 시작했다.

"아… 구해줘서 정말 고마워!"

"미안해. 깊은 곳으로 들어가지 말라고 미리 말해줬어야 했는데."

"아니야. 그건 내 잘못이야. 절대 네 잘못이 아니야. 난… 내가 깊은 곳에서도 헤엄칠 수 있을 거라고 생각했어."

"곧 그렇게 할 수 있을 거야. 조금만 더 연습하면 돼."

우리는 헤엄치는 연습을 계속했다. 이번에는 얕은 곳에 머물렀다. 그녀가 물에 빠져 허우적거리는 모습을 다시는 보고 싶지 않았기 때문이다. 헤드빅도 마찬가지였다. 그녀는 내가 시키는 대로 잘 따라했다. 그녀는 재능과 인내심을 갖춘 학생이었고, 나는 재능과 인내심을 갖춘 선생님이었다.

하지만 우리에게 재능과 인내심이 있어도 그리 도움이 되진 않았다.

나는 얼마 가지 않아 헤드빅에게 수영을 가르치는 일이 불가능하다는 것을 깨달았다.

아무리 열심히 배워도 그녀는 물속에 가라앉기만 했다.

우리는 평영은 물론 배영과 개구리헤엄까지 시도해보았다. 나는 아빠가 내게 가르쳐주었던 온갖 기술을 모두 가르쳐주려고 했다.

하지만 그 어느 것도 도움이 되지 않았다.

결국 그녀는 얕은 곳에 우두커니 서 있기만 했다. 평소에 기쁨과 즐거움으로 반짝반짝 빛나던 그녀의 눈동자는 빛을 잃어버렸다.

"괜찮아?"

나는 조심스레 그녀의 팔을 쓰다듬어주었다.

그녀는 대답하지 않았다.

"헤드빅?"

"포기할 수 없어."

그녀가 나직이 중얼거렸다.

하지만 진심으로 한 말 같지는 않았다.

"잠시 쉬는 건 어때?"

그녀는 나를 쳐다보지도 않고 혼자 고개를 끄덕였다.

"응, 잠시 쉬는 것도 좋을 것 같아."

우리는 창문 아래 있는 벤치에 나란히 앉았다.

"저기 네가 서 있었어."

나는 창밖을 가리켰다.

"처음 너를 본 날, 너는 창문에 코를 대고 있었어. 이렇게."

나는 내 코를 꾹 눌러보였다.

"그때 네 모습은 작은 돼지 같았어. 아주 착하고 귀여운 아기 돼지."

나는 그녀가 웃기를 바랐다. 하지만 그녀는 웃기는커녕 아무 말도 하지 않았다. 그녀의 눈이 촉촉이 젖어왔다.

"헤드빅?"

나는 조심스레 그녀의 이름을 불렀다.

그녀가 재빨리 고개를 끄덕였다.

"응! 왜?"

"오늘 헤엄치는 법을 못 배웠다고 실망할 필요는 없어. 계속 연습하면 돼. 네가 물고기처럼 날렵하게 헤엄칠 수 있을 때까지. 돌고래를 떠올려봐."

"포기하면 안 돼."

그녀가 마치 외웠던 말을 반복하듯 했던 말을 되풀이했다.

갑자기 그녀가 숨을 크게 들이쉬었다.

"단지… 단지…"

그녀가 말을 멈추고 침묵을 지켰다.

"말해봐."

"내가 앞으로 수영을 잘할 수 있을지 확신할 수가 없어."

"뭐? 그런 말은 하지 마. 넌 할 수 있어."

"하지만 내 몸이 말을 안 들어. 마치… 아, 뭐라고 해야 하지? 내 몸은 수영하기에는 물리적으로 불가능한 상태라고나 할까."

"어쩌면 네게 타고난 재능이 없는지도 몰라. 하지만 불가능한 일은 아니라고 생각해."

"아냐… 난 불가능하다고 생각해."

"왜 그렇게 생각하니?"

그녀가 고개를 돌려 나를 빤히 바라보았다. 입을 열고 무슨 말인가를 하려던 그녀가 갑자기 심각한 표정을 짓더니, 재빨리 입을 다물었다.

"계속 연습하는 건 어때?"

그녀가 나직이 말했다.

"뭐?"

그녀가 물을 뚫어지게 바라보았다. 그녀의 표정엔 불안감과 두려움이 어려 있었다.

"끝까지 부딪쳐보면 할 수 있겠지."

나는 어떤 말을 해줘야 할지 알 수 없었다. 솔직히 이런 일이 생길 줄은 짐작도 하지 못했다. 나는 그녀가 수영을 배우게 될 것이라고 확신했고, 그녀가 기뻐하는 모습을 상상했지만, 현실은 그 반대가 되었다.

"언젠가… 언젠가는 할 수 있을 거야. 그건 그렇고, 피곤하면 아무것도 배울 수 없어."

이것도 내가 용기를 잃어버릴 때마다 아빠가 해준 말이었다.

"그래?"

헤드빅의 목소리에 힘이 들어갔다.

"응. 무언가를 배울 때는 항상 그래. 처음엔 연습을 하고, 연습한 후에는 푹 쉬어야 해. 다시 연습을 할 수 있도록 말이야. 연습과 휴식을 반복해야 더 많은 것을 배울 수 있어. 그런 면에선 휴식을 취할 때도 무언가를 배운다고 할 수 있겠지. 비록 아무것도 하지 않는다 하더라도."

"그게 정말이야?"

"응. 오늘은 집으로 돌아가서 소파에 누워 푹 쉬는 일만 남았어. 너희 집에 푹신한 쿠션이 있는 커다란 소파에 누워봐."

"참 현명한 생각이야."

"응, 나도 그렇게 생각해."

우리는 옷을 갈아입고 수영장 건물 밖에서 만나기로 했다. 눈이 내리고 있었다. 헤드빅은 고개를 들어 하늘을 올려다보았다. 다행히도 그녀는 내가 아는 헤드빅으로 돌아와 있었.

"참 예뻐. 그렇지?"

눈송이가 그녀의 얼굴 위로 떨어졌다.

"음…"

나는 손바닥을 폈다. 커다란 눈송이 세 조각이 내 벙어리장갑 위에 내려앉았다.

"눈도 사실은 물이라는 걸 생각해본 적이 있니?"

헤드빅이 물었다.

"아니…"

"무겁고 검푸른 물이 이처럼 가볍고 예쁜 눈송이가 될 수 있다는 사실이 이상하지 않니?"

"응… 그러니까 사실은… 난 그런 것에 대해 곰곰이 생각해본 적이 없어."
"각각의 눈송이는 모두 달라."
헤드빅이 말을 이었다.
"그건 자연의 이치야. 똑같은 눈송이는 하나도 없어. 알고 있었니?"
"아니, 사실은 그것도 모르고 있었어."

벙어리장갑 위에 내려앉은 눈송이는 너무나 가벼워 무게를 전혀 느낄 수 없었다. 가만히 보니 헤드빅의 말이 틀린 것 같진 않았다. 눈송이 세 조각은 각각 육각형 모양, 톱니바퀴 모양, 활짝 핀 장미 꽃봉오리 모양으로 모두 달랐다.

"크리스마스 분위기를 내는 데는 눈이 최고야."
헤드빅이 말했다.
그녀가 나를 돌아보면서 미소를 지었다.
"너는 크리스마스를 떠올리면 뭐가 가장 먼저 생각나니?"
"글쎄, 잘 모르겠어."

사실 나는 너무나 잘 알고 있었다. 향초와 코코아, 크리스마스 과자와 소나무 향. 반짝반짝 장식된 크리스마스트리와 종소리… 하지만 헤드빅에겐 설명해줄 수 없었다. 그러자면 유니 누나 이야기도 해야 할 테니까.

"이제 집에 가야 해. 너도 집에 가야 하지? 집에 가서 푹 쉬어. 쉬고 나서 다시 연습하면 아주 잘할 수 있을 거야."
"응."
헤드빅이 주저하며 말을 이었다.
"율리안…?"
"응, 왜?"
"내일은 내가 잘하는 걸 함께해보자."
"무슨 말이니?"
"수영을 하는 대신 말이야."
"아, 알았어. 그러자. 어디서?"
"스케이트장! 집에 스케이트가 있니?"
헤드빅은 주근깨 가득한 얼굴로 미소를 지었다.

"응. 그런데 난 스케이트를 잘 타지 못해."
"그렇다면 더 좋아! 내일 오후 세 시에 공원에서 만나자."

집으로 가는 길에 나는 크리스마스 분위기에 대해 곰곰이 생각해보았다. 헤드빅은 하얀 눈을 보면 크리스마스 기분이 난다고 했다. 나는 크리스마스 과자를 떠올리면 크리스마스를 느낄 수 있었다. 하지만 엄밀하게 크리스마스 기분이란 무엇일까? 크리스마스 기분이 어떤 것인지 아주 잘 알고 있지만, 막상 그 느낌을 말로 설명하려니 너무나 어려웠다.

크리스마스 기분은 크리스마스를 떠올렸을 때 발가락이 간질간질하고 평소보다 심장이 살짝 더 빨리 뛸 때의 그 부드럽고 폭신폭신한 기분이 아닐까. 물론 심장이 매우 빨리 뛴다면 기분이 안 좋아질 수도 있을 것이다. 크리스마스 기분은 두 팔을 활짝 벌려 옆에 있는 사람과 따스하게 포옹하고 싶은 마음, 소리 높여 노래를 부르고 싶은 마음, 크게 웃고 싶은 마음, 때로는 가슴이 먹먹해지는 마음, 이 모든 것을 한꺼번에 모아놓은 기분이 아닐까.

만약 크리스마스 기분에 색깔이 있다면, 그건 은은한 노란색일 것이다. 사람들은 크리스마스가 가까워오면 대부분 빨간색으로 장식을 하지만, 나는 크리스마스가 촛불처럼 마음속에서 은은하게 빛을 발하는 노란색이라고 생각했다.

헤드빅의 말엔 틀림이 없었다. 눈송이는 크리스마스 분위기를 내는 데 제격이었다. 특히 지금 내리는 눈송이는 더더욱 그렇다. 빽빽하게 눈앞을 가리지도 않고, 축축하지도 않으며, 살을 파고들 정도로 매섭게 차갑지도 않다. 너무나 가볍고 예쁜 눈의 결정체들이 지붕과 나무와 길 위에 내려앉아 온갖 흉한 회색들을 덮어버렸다. 소리도 덮어버렸다. 세상은 마치 보들보들한 양털 속에 파묻힌 것 같았다.

눈송이는 차갑기는 하지만, 세상을 따뜻하고 안전하고 포근하게 만든다.

나는 기분 좋게 천천히 발걸음을 옮겼다. 서두를 필요는 전혀 없었다. 나를 기다리는 사람은 아무도 없으니까. 사람들은 기분이 좋을 때면 그것을 가능한 한 오래 유지하기 위해 애쓰기 마련이다.

나는 집에 돌아가서 무엇을 할지 생각해보았다. 크리스마스 과자를 구워볼까. 오렌지에 말린 정향을 꽂아놓을까. 크리스마스 선물을 포장해볼까. 나는 이미 가족들에게 줄 크리스마스 선물을 준비해 놓았다. 아빠에게는 커피 잔, 엄마에게는 귀고리, 아우구스타에겐 축구선수용 양말을 주려고 사놓았다. 아우구스타는 나와는 달리 공으로 하는 운동에 소질이 있었다.

이제 선물을 포장할 일만 남았다. 나는 선물 포장에는 소질이 별로 없다. 특히 모퉁이를 깔끔하게 만들지 못해 항상 테이프를 덕지덕지 붙여서 볼품없어보였다. 게다가 리본을 꽉 조여 매지도 못했다. 하지만 리본 끝을 가윗날로 다듬어 꼬불꼬불하게 만드는 것만큼은 매우 잘했다. 재밌기도 했다. 리본 끝이 길면 길수록 모양을 더 예쁘게 만들 수 있었다. 포장지의 리본을 꼬불꼬불하게 물결처럼 만드는 방법을 유니 누나가 가르쳐주었다. 누나는 선물을 포장한 후, 항상 리본의 뒷마무리만큼은 내게 맡겼다. 내가 그 일을 좋아한다는 것을 알고 있었기 때문이다. 유니 누나는 그런 사람이었다. 문득 이젠 누나를 떠올려도 그다지 가슴이 아프지 않다는 사실을 깨달았다. 누나는 세상을 떠났지만, 여전히 내 옆에 있는 것 같았다.

크리스마스가 얼마 남지 않아서 문을 연 가게가 많았다. 거리는 선물 상자와 쇼핑 봉투를 손에 든 사람들로 가득했다. 그들은 매우 바빠 보였지만 모두 환한 표정을 짓고 있었다. 어쩌면 나처럼 눈을 보고 즐거워졌는지도 모른다.

모퉁이를 돌아 집 앞 골목길에 들어서려는 순간, 맞은편 길에 있는 우체국에서 나오는 사람을 보았다. 그와 동시에 크리스마스 기분은 순식간에 사라져버렸다.

바로 그 남자였다. 나이 많은 남자. 헤드빅의 정원에 서 있던 남자. 열쇠를 손에 들고 있던 남자. 나는 걸음을 멈추고 그를 지켜보았다. 같은 목도리, 같은 모자, 낡은 녹색 겨울 코트까지도 똑같았다. 분명 그였다. 얼굴 표정은 너무나 달랐지만 그가 틀림없었다. 오늘은 슬퍼하거나 화를 내는 것 같지 않았다. 다만 바빠 보일 뿐이었다. 그는 방금 우체국에서 찾은 듯한 커다란 소포를 팔에 끼고 성큼성큼 걷기 시작했다.

나는 집으로 가는 길이었다. 크리스마스 과자를 구울 생각이었는데… 하지만 그를 보는 순간 이번만큼은 그를 놓치지 않아야겠다고 생각했다.

그는 매우 빨리 걸었다. 나도 그를 시야에서 놓치지 않으려고 발걸음을 빨리했다. 재빨리 길을 건너 그의 뒤를 따랐다. 그에게 너무 가까이 다가가지 않으려고 조심했다. 그가 미행을 눈치챌 수도 있으니까. 그렇다고 너무 거리를 두는 것도 위험한 일이었다. 자칫 그를 놓칠 수도 있으니까.

나는 그가 고개를 돌려 내가 뒤따르는 것을 눈치챌까봐 두려웠다. 하지만… 그가 나를 돌아본다 해도 크게 문제될 것은 없다고 생각했다. 왜냐하면 그는 나를 한 번도 보지 못했을 테니까. 나는 그와 마주칠 때마다 몸을 숨기고 그를 보았다. 만약 그가 고개를 돌리면 나는 딴청을 부리면서 시선을 다른 곳으로 돌려야겠다. 우연인 척하면서 휘파람을 한 번 휘익 불어보는 건 어떨까.

아니, 곰곰이 생각해보니 휘파람을 부는 건 그리 좋은 생각 같지는 않았다. 오히려 그가 나를 더 의심할 것 같았다.

다행히도 그는 뒤돌아보지 않았다. 그는 성큼성큼 앞만 보며 걸었다. 바쁜 일이 있는 걸까. 적어도 길을 걷는 그에게선 헤드빅의 정원에서 보았던 주저하는 모습을 찾아볼 수 없었다.

그는 길모퉁이를 돌았다. 나는 거의 뛰다시피 하며 그의 뒤를 따랐다. 그를 놓치면 안 된다는 생각뿐이었다.

모퉁이를 돌자 저만치 앞서 가는 그가 보였다. 다행이었다. 그는 길 아래쪽을 향해 걷고 있었다.

그곳은 고요하고 어두컴컴하며 비좁은 골목이었다. 크리스마스를 알리는 반짝이는 불빛은 보이지 않았다. 심지어 고장 난 가로등도 있었다. 지직 하는 소리와 함께 전구가 꺼졌다 켜졌다를 반복하고 있었다. 나는 눈 쌓인 길 위를 밝게 비추는 불 켜진 상점을 지나쳤다. 골목길을 걸으면 걸을수록 주변은 더욱 고요해졌다.

차도 사람도 보이지 않았다.

　골목길에는 그 남자와 나뿐이었다. 그의 한 걸음은 나의 두 걸음이었기에 나는 거의 뛰다시피 했다. 발걸음을 옮길 때마다 점퍼의 소매와 옷깃이 부딪쳐 소리를 냈다.

　나는 그가 고개를 돌릴까봐 겁이 나기 시작했다. 지금 그가 고개를 돌려 나를 발견한다면 내가 그를 뒤따라가고 있다는 걸 분명 알아차릴 것이다. 하지만 나는 위험을 감수하기로 마음먹었다. 그는 헤드빅과 관련 있는 사람이며, 헤드빅은 무슨 이유에선지 그 남자에 대해 이야기하기를 꺼렸다. 그녀는 그 남자를 두려워하는 것이 틀림없었다. 어쩌면 그가 헤드빅을 해치려 했을지도 모른다. 나는 진실을 알아낸다면 헤드빅을 도와줄 수 있을 것이라고 생각했다.

　그가 다시 모퉁이를 돌았다. 나는 숨을 헉헉 몰아쉬며 그의 뒤를 따라갔다. 그는 비좁은 샛길로 자취를 감췄다. 어스름한 불빛 아래, 어느 가게 문 옆에 서 있는 그를 발견했다. 그가 열쇠 꾸러미를 꺼냈다. 전에 내가 보았던 열쇠 꾸러미와 똑같은 것이었다!

　나는 열쇠가 서로 부딪치며 내는 소리를 들을 수 있었다. 그는 열쇠를 하나 골라 잠긴 문에 꽂았다. 열쇠가 돌아가고 문이 열렸다. 그가 안으로 들어가 문을 닫았다. 잠시 후 문에 달린 커다란 창과 그 옆에 있는 유리 진열장으로 빛이 새어나왔다.

　나는 얼어붙은 듯 여전히 길모퉁이에 서 있었다. 무엇을 해야 할지 아무 생각이 나지 않았다.

나는 깊게 숨을 몰아쉬고 용기를 내 걸음을 옮겼다. 비좁은 골목길에는 그 남자가 들어갔던 작은 가게만 자리하고 있었다. 사람들이 그리 많이 찾는 가게는 아닌 것 같았다.

유리 진열장에는 옅은 색 커튼이 내려져 있어 안쪽을 들여다볼 수 없었다. 하지만 문에 걸린 팻말에는 '영업 중'이라는 글자가 쓰여 있었다.

나는 한참을 가게 앞에 서 있었다. 가게 안에 들어가야 한다고 생각했다. 그래, 들어가야 할 텐데… 하지만 가게 안에 들어가면 무슨 말을 해야 할까? 계획을 세워야 했다. 간단하게 지금 몇 시냐고 물어볼까? 아니, 길을 잃었다고 말할까? 아니면 그가 무엇을 파는지 슬쩍 둘러보고 물건을 사러왔다고 할까? 곰곰이 생각하니 그게 가장 좋은 방법 같았.

그때 가게 안에서 소리가 들려왔다. 그것은 박자에 맞춰 흘러나오는 기계 소리 같았다. 딸깍딸깍, 쿵. 두 가지 소리가 동시에 날 때도 있었다. 나는 용기를 내서 손잡이를 잡았다.

문을 여는 순간, 기계 소리가 더욱 크게 들려왔다. 뭐라 표현할 수 없는 이상한 냄새도 났다. 그 냄새는 학교를 생각나게 했다. 공책과 시험지… 아! 나는 그제야 알아차렸다. 그것은 잉크 냄새였다.

출입문 앞에는 커튼이 드리워져 있었다. 나는 커튼을 옆으로 살짝 밀쳤다. 남자의 모습은 보이지 않았다. 하지만 가게 안에는 남자 말고도 볼 것이 많았다. 벽은 그림으로 가득 채워져 있었다. 아니 그것은 그림이 아니라 카드였다. 크기와 종류가 아주 다양했다. 커다란 생일카드, 자그마한 세례카드, 심플한 축하카드, 화려하게 꾸민 성년의 날 카드. 물론 크리스마스카드도 볼 수 있었다. 그곳에 있는 크리스마스카드는 지금껏 내가 보았던 그 어떤 크리스마스카드보다 더 아름다웠다. 천사와 순록과 성가를 부르는 어린이들, 작고 통통한 아기 예수, 미소 띤 커다란 산타클로스, 크리스마스로즈, 산타클로스의 작업실, 동방박사의 별 등 이루 말할 수 없을 정도로 종류가 많았다. 그중에는 금색이나 은색으로 장식된 것도 있었고, 반짝이로 장식된 것도 있었다.

나는 커다란 카드 앞에서 걸음을 멈췄다. 도화지처럼 커다란 카드에는 아름다운 하늘 아래 눈 쌓인 마을이 그려져 있었다. 눈이 내리는 길 위에는 백마 두 마리가 끄는 마차가 있었고, 마차 안의 사람들은 커다란 털가죽 담요에 몸을 파묻고 있었다. 마차는 정겨운 시골 마을을 향하고 있었으며, 양쪽에 늘어선 집에선 은은하고 따스한 불빛이 창을 통해 새어나오고 있었다. 문득 나도 저 마을에 가보고 싶다는 생각이 들었다. 시골 마을의 농장으로 향하는 마차 안에 앉아 있는 사람이 나라면…

나는 또 다른 카드로 눈길을 돌렸다. 그 카드에는 악기 가게가 그려져 있었다. 진열대 위에는 호른, 색소폰, 트럼펫이 나란히 자리하고 있었다. 하나같이 반짝반짝 빛을 발하고 있었다. 한가운데에는 갖가지 조그만 악기들로 장식된 커다란 크리스마스트리가 있었고, 진열대와 트리 사이에는 작고 통통한 아기 천사들이 각자의 악기를 연주하며 날아다니고 있었다. 천사들은 살아 있는 것 같았고, 금방이라도 종이를 뚫고 내게로 날아올 것만 같았다. 카드에서 흘러나오는 음악 소리가 들리는 것 같은 착각이 들었다.

나는 가게 안으로 좀더 들어가보았다. 가게 가운데에는 거대한 기계가 있었다. 딸깍딸깍, 쿵 하는 소리를 만들어냈던 것은 바로 그 기계였다. 기계에서는 일 초마다 카드가 한 장씩 인쇄되어 나왔다. 그 기계는 인쇄기인 것 같았다. 그렇다면 이 가게는 인쇄소인가.

그런데 가게 안으로 들어갔던 남자는 지금 어디에 있지?

몇 걸음 더 들어가 보았다. 마음 같아선 당장이라도 걸음을 멈추고 벽에 진열된 카드를 더 보고 싶었지만, 내가 가게 안에 들어온 것은 카드 때문이 아니라는 생각에 걸음을 옮겼다.

가게 안쪽에 커튼이 드리워져 있었다. 커튼이 살짝 열려 있어서 나는 조심스레 안을 들여다보았다. 남자의 모습이 눈에 들어왔다. 그는 손에 무언가를 들고 책상 앞에 앉아 있었다. 금속 날처럼 보이는 물건… 긴 줄도 보였다. 나는 더 자세히 살펴보기 위해 가까이 다가갔다. 하지만 남자가 상체를 숙이고 있어 그가 손에 무엇을 들고 있는지 볼 수 없었다. 그는 서랍을 열고 손에 들고 있던 것을 집어넣었다. 그의 발소리가 들렸다. 발소리는 나를 향하고 있었다. 갑자기 커튼이 획 열렸다.

나는 깜짝 놀라 세 발짝 뒤로 물러섰다. 남자도 나처럼 놀라긴 마찬가지였다. 그도 놀라서

그 자리에서 펄쩍 뛰었다.
"앗!"
"네… 앗… 아니, 안녕하세요!"
남자가 나를 뚫어지게 바라보았다. 가까이서 보니 훨씬 더 무서워 보였다. 화난 눈동자 위에 있는 덥수룩한 눈썹이 가운데로 모였다.
"깜짝 놀랐잖아!"
그가 소리쳤다.
"죄송합니다."
그는 눈을 치켜뜨고 내게 한 발짝 다가왔다.
"길을 잃었니?"
"아뇨…"
나는 무언가 현명한 대답을 해야 한다고 생각했다. 그는 내가 누구인지 모르고 있었다. 나는 어쩌다 우연히 그의 인쇄소를 찾은 소년일 뿐이었다. 나는 거짓말을 잘 못한다. 반면 아우구스타는 거짓말을 너무 잘해서 가끔은 자신의 거짓말이 진실이라 믿을 때도 있다. 나는 아우구스타처럼 능청스럽게 거짓말을 해본 적이 한 번도 없다. 매번 거짓말을 할 때마다 상대방은 내

속을 훤히 꿰뚫어보곤 했다. 하지만 시도는 해봐야겠다고 생각했다.

"아, 네… 조금…"

"길을 잃었다는 말이니, 그렇지 않다는 말이니?"

"네, 길을 잃었는데… 크리스마스카드를 사기로 했어요. 여긴 크리스마스카드가 아주 많이 있군요. 정말 다행이네요."

그는 여전히 나를 빤히 바라보고 있었다. 그의 눈빛은 화를 내고 있다기보다는 오히려 놀란 것 같았다.

"길을 잃었는데 크리스마스카드를 사기로 했다고?"

"어… 네."

나는 거짓말을 더 연습해야겠다고 다짐했다. 상황은 생각과는 전혀 다르게 흘러가고 있었다. 남자가 갑자기 미소를 지었다. 덥수룩한 수염 뒤로 미소 짓는 그의 얼굴은 전혀 무섭지 않았다.

"그런데 나는 크리스마스카드를 팔지 않아."

"네? 여기 이렇게 많이 있는데…"

나는 바닥에서 천장까지 사방을 빼곡하게 채운 카드를 가리켰다.

"난 단지 인쇄를 할 뿐이야."

남자가 말을 이었다.

"인쇄한 카드는 상점에 넘기지 한 장씩 팔진 않는단다. 설마 네가 카드를 백 장 정도 사려는 건 아니겠지?"

"아뇨… 백 장은 좀…"

그가 고개를 비스듬히 젖히고 나를 바라보았다. 그의 눈동자가 반짝반짝 빛나고 있었다.

"한 장은 그냥 가져도 돼. 네가 원하는 카드를 한 장 골라보렴."

"정말 그래도 되나요?"

"서둘러. 내 마음이 바뀌기 전에."

"아, 네! 감사합니다!"

나는 가게 안을 둘러보았다. 그렇게 많은 카드 중에서 단 한 장을 고르는 것은 결코 쉽지 않았다. 나는 마차가 그려진 카드를 향해 손을 뻗었다. 그 카드가 내 것이 된다고 생각하니 가슴이 벅차올랐다. 침대 머리맡에 걸어놓고 매일 밤 잠자리에 들기 전에 카드를 바라보면서, 카드 속

에 들어가는 꿈을 꿀 수만 있다면. 문득 음악 상점 안의 모습이 그려진 카드가 떠올랐다. 어쩌면 그 카드가 더 좋지 않을까. 책상 앞에 걸어놓으면 숙제가 저절로 될 것 같았다. 산타클로스의 선물 작업실 그림도 마음에 드는데 어떡하지… 작은 산타클로스들을 보는 것만으로도 즐거울 것 같았다. 구유에 누운 아기 예수, 광장에 세워진 크리스마스트리, 춤을 추는 순록 세 마리…

남자가 웃음을 터뜨렸다.

"마음에 드는 카드가 많이 있나보구나?"

"네. 모두 다 마음에 들어요. 모두 너무나 아름다워요."

"그렇다면 두 장을 골라. 아니 세 장을 골라도 돼."

나는 남자가 점점 좋아지기 시작했다.

"결정하는 동안 뭘 좀 마실래?"

남자가 물었다.

"네, 좋아요. 아니, 제 말은… 네, 감사합니다."

"아주 예의 바른 소년이구나."

남자는 미소를 지으면서 말했다.

"그러려고 노력하고 있어요."

"그런데 너는 아직 네 소개를 안 했구나."

"앗, 죄송합니다."

나는 그에게 손을 내밀었다.

"저는 율리안이라고 해요."

그가 내 손을 잡았다. 그의 손에는 힘이 들어가 있었다. 내 작은 손은 그의 손 안에서 자취를 감추었다.

"만나서 반갑구나, 율리안. 내 이름은 헨릭이야."

13

헨릭은 가게 구석에 자리한 테이블 위에 과일 주스를 내려놓았다. 나는 조금씩 여러 번 주스를 삼켰다. 주스를 마시는 동안엔 말할 필요가 없다는 생각에서였다.

헨릭이 나를 바라보았다.

"몇 살이니?"

"곧 열한 살이 돼요."

"열한 살? 나이에 비해선 좀 작은 편이구나."

"네, 맞아요."

"나도 언젠가 너를 닮은 소년과 알고 지낸 적이 있지."

"네?"

"넌 축구를 못하지?"

"네."

"그애도 그랬어. 쉬는 시간에 다른 애들이 운동장에서 뛰어놀 때 그애는 뭘 했는지 아니?"

"아뇨."

"교실에 앉아서 그림을 그렸단다."

"아, 네…"

"초등학교를 다니면서 계속 그림만 그렸어. 중학교 때도 그랬지. 나중에 어른이 되어서는 그림 그리는 일을 하고 산단다."

그는 양팔을 들어 올려 사방에 가득한 카드를 가리켰다. 나는 그제야 그가 무슨 말을 하고 있는지 알아차렸다.

"그 소년은 바로 아저씨였군요!"

"맞아."

"그렇다면 이 카드는 모두 아저씨가 직접 그리고 인쇄한 거예요?"

"응. 한 장도 빠짐없이 모두 내가 그린 거야."

"저는 그림을 못 그려요. 하지만 수영은 잘해요. 제겐 수영을 잘하는 친구가 한 명 있어요."

"친구가 많니?"

"아뇨, 한 명뿐이에요."

순간 나는 후회했다. 헤드빅도 내 친구라는 생각 때문이었다. 하지만 난 지금도 욘이 내 친구라고 확신할 수 없었다. 최근에는 욘과 점점 멀어지고 있다는 생각이 들었으니까.

"생각해보니 제겐 친구가 두 명 있어요. 네, 제겐 친구가 두 명 있어요."

"좋은 친구 두 명은 나쁜 친구 백 명보다 훨씬 낫지."

헨릭이 말했다.

그는 내 컵이 비어 있는 것을 보고 주스를 더 따라주었다.

"과일 주스를 좋아하니?"

"네."

"많이 마셔. 주스는 더 있으니까."

그가 다시 미소를 지었다. 나는 그가 점점 더 좋아졌다.

"이건 어떻게 작동하는 건가요?"

나는 인쇄기를 가리키며 물었다.

"이 낡은 기계?"

그가 몸을 일으켜 인쇄기 위에 손을 얹었다.

"난 이 기계를 마르타라고 불러. 여기 있는 모든 기계는 각자의 이름이 있단다."

"오, 그래요? 왜요?"

"존중할 만한 가치가 있는 기계들은 각자 이름을 가지고 있어야 한다고 생각해."

"그럴지도 모르겠군요."

"이리 와보렴. 이 기계가 어떻게 작동하는지 보여줄게."

헨릭이 말했다.

그는 튜브에 남아 있는 물감을 기계의 커다란 구멍 속에 짜넣었다.

"한 번에 한 색깔만 사용해야 돼."

그가 말했다.

그가 빨간색 버튼을 누르자 카드 한 장이 툭 튀어나왔다. 카드 위에는 빨간색만 인쇄되어 있었다. 이번엔 그가 파란색 물감을 짜 넣었다. 파란색은 이전의 빨간색과 섞여 보라색이 되었다. 마지막으로 그는 노란색 물감을 짜 넣었다. 빨간색, 파란색과 섞인 노란색은 주황색과 녹색이 되었다. 나는 기계에서 눈을 뗄 수가 없었다. 카드는 기계에서 나올 때마다 점점 더 많은 색을 머금고 더 아름다워졌다.

그러는 동안에도 시간은 계속 흘렀다. 내 뺨은 발갛게 달아올랐고, 그곳이 어디인지 까맣게 잊고 있었다. 눌러야 하는 버튼이 아주 많았고, 당겨야 하는 손잡이도 너무나 많았다. 물론 버튼을 누르고 손잡이를 당길 때마다 매우 조심해야 했다. 그 때문에 나는 다른 생각을 할 여유가 없었다.

마침내 카드가 완성되었다. 기계 옆에는 종이가 산처럼 쌓여 있었고, 각각의 종이에는 카드 네 장이 인쇄되어 있었다.

"이제 이 카드를 잘라야 해."

헨릭이 말했다.

그는 또 다른 기계 앞으로 나를 데려갔다.

"이 기계는 클라라라고 해."

"그건 왜죠? 특별한 이유가 있나요?"

"가만히 보면 클라라를 닮았다는 생각이 들지 않니?"

"네."

나는 웃음을 터뜨렸다.

우리는 카드가 인쇄된 종이를 금속 받침대 위에 올려놓았다. 헨릭이 칼날이 달린 거대한 손잡이를 당기자 종이가 반으로 잘렸다. 우리는 함께 같은 작업을 반복했고, 카드 네 장이 깨끗하게 잘려 나왔다.

"이걸 가지렴."

그가 카드 한 장을 내게 내밀었다.

"네가 직접 고른 카드 말고 한 장을 더 줄게. 이건 네가 내 일을 도와준 것에 대한 보답이란다."

"감사합니다."

그가 다시 내게 미소를 지었다.

"카드를 더 만들어볼까?"

"네!"

문득 다락방 빌라가 떠올랐다. 헤드빅도 머릿속을 스쳤다. 내가 여기 온 것은 바로 그 때문이 아니었던가. 이젠 헨릭과 친해진 데다 함께 주스도 마시고 카드도 만들었으니 다락방 빌라에 대해 물어보는 것도 나쁘지 않을 것 같았다.

"여쭤보고 싶은 게 있어요. 궁금한 게 있거든요. 사실은… 아저씨를 전에도 본 적이 있어요. 아니, 오늘."

"그래?"

"그 앞에서…"

나는 마음을 가다듬고 말을 이었다.

"다락방 빌라 앞에서요."

"그랬구나."

그는 몸을 돌려 클라라 밑에 떨어져 있는 종잇조각들을 빗자루로 쓸어 담기 시작했다.

"헨릭 아저씨! 카드를 더 만들기로 했잖아요?"

그는 소매를 걷어붙이고 손목시계를 내려다보았다. 하지만 시간을 확인하는 것 같진 않았다.

"시간이 꽤 흘렀군. 내일 아침 일찍 납품해야 할 것이 많아. 지금부터 일을 해야 한단다."

"하지만…"

나는 다시 마음을 가다듬고 말을 이었다.

"아저씨는 다락방 빌라 앞에서 뭘 하셨나요? 열쇠를 가지고 계셨잖아요. 안으로 들어가셨나요?"

그가 나를 빤히 바라보았다. 그의 눈동자는 내가 처음 그를 보았을 때와 마찬가지로 복잡 미묘한 빛을 띠고 있었다. 그가 지금 화를 내는 걸까? 슬퍼하는 걸까? 아니, 둘 다일까?

"그 집에 들어가지 마."

빗자루와 쓰레받기를 든 그의 손이 떨렸다.

"왜요…?"

"그 집에 들어가면 안 돼."

"하지만…"

"자, 이제 가봐라. 나는 일을 해야 하니까."

나는 저녁 시간에 맞춰 집으로 돌아가기 위해 서둘러 걸음을 옮겼다. 부모님에게는 아직 다락방 빌라나 헤드빅 이야기를 하지 않았다. 그렇기 때문에 헨릭이나 인쇄소에 대한 이야기도 하지 않았다. 예전 같으면 부모님은 내가 침묵을 지키거나 좀 이상하게 행동하는 것을 대번에 알아차렸을 것이다. 하지만 지금은 그렇지 않다. 나는 그날 평소와 다름없이 잠자리에 들었고, 다음 날 평소와 다름없이 학교에 갔다. 하지만 내 머릿속에는 오로지 헨릭에 대한 생각뿐이었다. 그는 왜 갑자기 화를 냈을까? 다락방 빌라와는 무슨 관련이 있을까?

나는 수업에 집중할 수가 없었다. 하지만 그날은 크리스마스 방학 전날이었고, 수엽 중에 특별히 중요한 것을 배우지는 않았기에 크게 상관없었다. 나는 헨릭과 헤드빅, 다락방 빌라에 대한 생각을 지울 수 없었다. 집으로 돌아온 나는 얼른 빵 몇 조각으로 배를 채운 후, 스케이트를 배낭에 넣고 집을 나섰다. 헤드빅에게 모든 것을 물어봐야겠다고 결심했다.

14

매년 겨울이 되면 시내 공원의 작은 호수는 스케이트장으로 변한다. 헤드빅과 나는 바로 거기서 만나기로 약속했다. 스케이트장에 도착하니 날은 이미 어둑어둑하게 저물어 있었다. 푸르스름한 빛을 띤 스케이트장을 둘러싼 가로등이 커다랗고 노란 불빛을 밝히고 있었다. 멀리서 보니 마치 노란 띠를 두른 커다랗고 푸른 행성 같았다.

헤드빅은 내가 온 줄도 모르고 있었다. 그녀는 혼자 스케이트를 타고 있었다. 그녀가 발을 바꾸어 달릴 때마다 스케이트 날이 얼음 위를 스치는 소리가 들렸다. 그녀의 몸짓은 너무나 가볍고 안정되고 자연스워 보였다. 스케이트를 타면서 조금도 힘을 들이지 않는 것 같았다. 얼음을 박차고 팔짝 뛰어오른 그녀가 안정적인 동작으로 착지했다. 두 발짝 앞으로 가더니 빙글빙글 피루엣을 돌기 시작했다.

빙글빙글. 보는 것만으로도 어지러울 지경이었다.

빨간 코트를 걸친 주근깨 팽이가 빙글빙글 돌고 있는 것 같았다.

나를 발견한 그녀의 얼굴이 밝아졌다.

"율리안!"

그녀가 내게 날려와 급성서를 했다.

"스케이트를 가져왔니?"

그녀가 물었다.

"응. 하지만 난 너처럼 스케이트를 잘 타지 못해."

"그 대신 넌 수영을 잘하잖아."

나는 벤치에 앉아 스케이트를 신고 끈을 동여맸다. 내 것은 엄마가 벼룩시장에서 사온 검은색 아이스하키 스케이트였다. 발볼 쪽은 좀 헐렁했지만 발가락 쪽은 꽉 조였다. 사실 나는 스케이트 타는 것을 별로 좋아하지 않는다.

헤드빅이 내 손을 잡고 나를 스케이트장 안으로 이끌었다.

"한 번 타봐. 넘어질 것 같다고 생각하지 말고."

나는 나뭇가지처럼 뻣뻣하게 제자리에 서 있었다. 조금만 울퉁불퉁한 곳이 있어도 넘어질까봐 겁이 났다.

"마음을 편안하게 가져. 너 자신을 믿어보란 말이야."

헤드빅이 말했다.

"알았어."

나는 헤드빅의 말대로 해보려 안간힘을 썼다.

마음이 조금씩 편해지기 시작했다. 그녀가 나를 지켜주고 있다는 생각에 안심이 되었던 것이다. 그녀는 내가 균형을 잃을 때마다 넘어지지 않도록 잡아주었다.

"잘 해낼 수 있어!"

헤드빅이 말했다.

우리는 함께 벤치에 앉았다. 나는 헤드빅을 바라보았다. 그녀의 뺨은 발갛게 상기되어 있었고, 두 눈은 미소를 머금고 있었다. 나는 내가 말을 꺼내는 순간 이 분위기가 깨진다는 것을 잘 알고 있었지만, 헨릭에 대해 물어보지 않을 수 없었다.

"열쇠 꾸러미를 들고 있던 남자를 봤어. 어제도."

"열쇠 꾸러미를 들고 있던 남자라니?"

"너희 집 앞에 서 있던 남자 말이야."

헤드빅은 얼른 고개를 돌렸다. 그녀는 땅만 내려다보며 발끝으로 땅을 콩콩 찧었다.

"스케이트를 더 탈래? 아니면 집에 갈 시간이 되었니?"

그녀가 물었다.

"난 그 남자 이름이 헨릭이라는 것도 알아냈어."

그녀가 깜짝 놀라 멈칫했다.

"헨릭…"

그녀가 혼잣말로 중얼거렸다.

"난 네가 그 남자에 대해 말해줘야 한다고 생각해. 네가 그 남자를 얼마나 두려워하는지 말해줘."

그녀는 여전히 스케이트만 내려다보았다. 침묵을 지키던 그녀가 마침내 나를 향해 고개를 돌렸다.

"난 그가 두렵지 않아. 이건 사실이야."

"정말? 그렇다면 그 남자와 도대체 어떤 사이니?"

"지금은 너에게 아무 말도 할 수가 없어."

그녀가 나직이 말을 이었다.

"하지만 난 우리가 계속 친구로 지냈으면 좋겠어."

"우린 이미 친구야. 난 네가 왜 지금 아무 말도 할 수 없는지 이해할 수가 없어."

"너도 내게 말해주지 않은 게 많잖아."

헤드빅이 말했다.

"그건 사실이야. 하지만 내겐 아무 비밀도 없어."

"넌 아직도 네 누나 이야기를 해주지 않았어. 하지만 난 네게 보채고 싶지 않아. 가끔은 차마 입이 떨어지지 않는 이야기도 있으니까. 아무리 가까운 사이라 해도 말이야."

갑자기 목이 메어왔다. 그녀의 말은 진실이었다. 헤드빅은 지금까지 내게 유니 누나 이야기를 해달라고 보챈 적이 한 번도 없었다.

"난 네가 마음의 준비를 할 때까지 기다릴 수 있어. 언젠가는 네 누나에 대한 이야기를 듣고 싶어. 네가 준비가 다 되었다면."

헤드빅이 말했다.

나는 그새 숨을 들이마셨다.

"만약 내가 준비가 된다면…?"

"지금?"

"응, 지금."

"그렇다면 들어보고 싶어. 난 시간이 많으니까."

학교에서도 몇몇 선생님이 내게 무슨 일이 있느냐고 물어보곤 했다. 하지만 이야기를 하려고 입만 벌리면 나는 벙어리가 되었다. 그 이야기를 하는 건 중요하지 않은 것 같았다. 옳은 일이라는 생각도 들지 않았다. 물론 유니 누나가 누구인지 모두 잘 알고 있었다. 그렇기 때문에 유니 누나 이야기를 하기가 더 어려웠다.

헤드빅은 유니 누나를 본 적이 없다. 우리 가족을 만난 적도 없다. 며칠 전만 하더라도 우린 전혀 모르는 사이였으니까. 어쩌면 바로 그 때문에 나는 헤드빅에게만 유니 누나 이야기를 할 수 있을 것이라 생각했는지도 모른다.

그 순간 내 마음속에 차곡차곡 쌓여 있던 온갖 말이 밖으로 나오려고 몸부림치는 것 같았다.

나는 헤드빅에게 유니 누나 이야기를 하기 시작했다. 유니 누나는 내가 알고 있는 사람 중에 가장 밝고 따뜻한 사람이었다. 누나는 그 누구보다도 큰 소리로 웃었으며, 항상 주변 사람들을 웃게 했다. 가끔씩 말괄량이처럼 굴었던 누나는 키가 아주 빨리 자라서 아빠와 키가 비슷했다. 짙은 머리카락에 키 큰 말괄량이 누나. 나는 악몽을 꾸는 날이면 누나 방에 가서 누나와 함께 침대에 누웠다. 누나는 내 머리를 쓰다듬어주면서 꿈은 꿈일 뿐이라며 나를 위로해주었다.

가슴 아픈 일은 그때 이미 시작되고 있었다. 나는 그 일이 어떻게 시작되었는지 모른다. 유니 누나는 갑자기 말을 하지 않았다. 예전처럼 잘 웃지도 않았다. 말괄량이처럼 굴지도 않았다. 다른 사람들을 위해 재미있는 이야기도 하지 않았으며, 한밤중에 누나 방을 찾아가도 돌아누우면서 내 방에 가서 자라는 말만 했다.

"누나가 많이 아팠니?"

헤드빅이 물었다.

"아니… 그건 감기 같은 병이 아니었어. 일종의 슬픔이라고나 할까."

나는 이야기를 계속했다. 유니 누나는 학교에 가지 않고 매일 집에만 누워 있었다. 부모님도 유니 누나와 마찬가지로 말수가 줄어들었다. 아무도 무엇을 어떻게 해야 할지 몰랐다. 그토록 키가 빨리 자라던 누나는 어떤 면에서는 작아지기 시작했다. 침대에만 누워 있던 누나는 점점 말라갔다. 너무나 슬퍼서 음식을 먹지 못했기 때문이다.

나는 헤드빅에게 이 모든 이야기를 들려주었다. 나는 이야기를 하다 잠시 말을 멈춰야 했다. 이제 가장 슬픈 이야기를 해야 했기 때문이다.

헤드빅은 내 손을 꼭 잡았다. 그녀는 이런 이야기를 하는 것이 얼마나 아픈 일인지 이해하는 것 같았다. 그러면서 얼마나 후련한지도 아는 것 같았다. 지난여름 유니 누나가 세상을 떠난

후, 나는 아무에게도 이런 이야기를 하지 않았다.

"결국 누나는 병원에 입원했어."

"잘된 일이지? 도움을 받을 수 있었을 테니까."

헤드빅은 여전히 내 손을 꼭 잡고 있었다. 나는 숨을 몇 번 들이쉰 후에야 이야기를 계속할 수 있었다.

"아니, 누나의 상태는 병원에 입원하고 나서 더 나빠졌어. 엎친 데 덮친 격으로 폐렴까지 걸린 거야. 이미 아무것도 먹지 않아서 빼빼 마른 데다 그런 병까지 얻었어…"

"그래서 어떻게 되었어."

헤드빅이 귓속말을 하듯 나직이 물었다.

"갑자기 죽었어. 있을 수 없는 일이었지. 병원에서도 이런 일은 있을 수 없다고 했어. 부모님도 그렇게 말했어. 하지만 이미 일어나버린 일인걸. 유니 누나는 그렇게 세상을 떠났어."

뜨거운 눈물이 내 뺨을 타고 흘러내렸다. 나는 헤드빅에게 우는 모습을 보이기 싫어 얼른 고개를 돌렸다. 그녀는 내 손을 놓고 두 팔로 나를 감싸 안았다.

"오, 율리안!"

그녀는 자신의 뺨을 내 뺨에 대었다. 나는 그녀의 눈물과 내 눈물이 섞여 흘러내리는 것을 느낄 수 있었다.

우리는 한동안 아무 말도 하지 않고 그렇게 앉아 있었다.

나를 끌어안고 있던 손을 놓은 그녀는 벙어리장갑을 벗고 흐르는 눈물을 닦았다. 그녀는 내 눈물도 닦아주었다. 그녀의 손은 따스했다.

"눈물도 물이야. 그리고 물은 눈송이가 될 거야."

나는 그녀가 나를 위로하기 위해 그런 말을 했는지 확신할 수 없었다. 하지만 나는 그 말에 마음이 따뜻해졌다.

"지금은 어때?"

헤드빅이 물었다.

"지금?"

"너희 집 분위기 말이야."

"매일 정적만 감돌 뿐이야. 부모님은 크리스마스를 즐길 생각이 없나봐. 어쩌면 크리스마스를 어떻게 보내야 하는지 까맣게 잊었는지도 몰라."

"크리스마스를 잊는다는 건 있을 수 없는 일이야. 크리스마스엔 다 함께 즐거워하고 축하해야 해!"

"글쎄…"

"네 누나는 평소에 매우 활발하고 밝은 사람이었다고 했지?"

"응, 슬픔에 빠져 우울해하기 전엔 그랬어. 누나는 내가 알던 사람들 중에 가장 밝고 활발한 사람이었거든. 하지만 부모님은 그 사실조차 잊어버린 모양이야."

헤드빅은 내 손을 꼭 잡았다.

"율리안, 부모님에겐 네가 있잖아."

"무슨 말이니?"

"네가 보여주면 돼. 밝고 활발했던 유니 누나의 모습을 부모님이 기억할 수 있도록 네가 도와주렴."

15

나는 집으로 향하는 발걸음을 서둘렀다. 헤드빅의 말도 일리가 있었다. 부모님은 유니 누나의 밝고 좋은 점은 모두 잊은 게 틀림없었다. 누나가 어떻게 웃었는지, 누나가 하는 말이 얼마나 재미있었는지, 말할 때 누나의 목소리가 어떻게 높아졌다가 낮아졌는지, 누나가 얼마나 기발한 일들을 생각해냈는지 모두 잊어버린 게 분명했다. 나는 부모님에게 우울해하던 유니 누나의 모습이 아니라 밝고 긍정적이던 누나의 모습을 기억하게 해줘야겠다고 마음먹었다.

부모님이 가지고 있는 유니 누나의 사진은 학교에서 찍은 낡은 사진 한 장뿐이었다. 사진 속의 누나는 수줍어 보이기도 하고 심각해 보이기도 했다. 하지만 나는 우리 집에 유니 누나의 사진이 아주 많다는 것을 잘 알고 있었다.

나는 집에 도착하자마자 누나의 사진을 찾기 시작했다. 서랍장을 열어보고, 낡은 옷장 문을 열어보고, 거실에 있는 커다란 사물함 바닥을 뒤져보기도 했다. 마침내 나는 엄마의 책상 서랍에서 앨범 한 권을 찾아냈다. 앨범을 꺼내 한 장씩 넘겨보니, 훈훈한 온기가 온몸을 감쌌다. 우리 다섯 식구는 함께 너무나 많은 일을 했다. 특히 우리 삼남매는 더욱 그랬다.

여름이 되면 잔디밭의 스프링클러 물줄기 사이로 뛰어다니던 기억, 차 안에 앉아 각자 커다란 아이스크림을 손에 들고 녹아 흐르는 아이스크림을 먹던 기억, 겨울이 되면 눈 쌓인 언덕 위에서 누가 가장 먼저 미끄러져 내려가는지 경쟁하던 기억, 숲속에서 나뭇가지를 쌓아올려 우리만의 오두막을 만들었던 기억, 나뭇가지 사이로 눈부시게 비추어 내리는 햇살을 바라보던 기억.

스프링클러의 물줄기 사이로 가장 먼저 달렸던 사람은 유니 누나였고, 부모님을 설득해 동생들에게 아이스크림을 사줬던 사람도 유니 누나였으며, 작은 오두막을 만든 다음 가장 크고 굵은 나뭇가지를 움직이지 않게 잘 동여맸던 사람도 유니 누나였다.

나는 누나의 커다란 사진 한 장에서 눈을 떼지 못했다. 누나는 노란 원피스를 입고 사진 찍는 사람을 향해 환하게 웃고 있었다. 누나의 웃음소리가 귓가에 들리는 것 같았다. 하얀 진주 구슬이 구르는 듯한 웃음소리.

나는 조심스레 그 사진을 앨범에서 떼어낸 후, 부엌으로 가져와 냉장고 문에 붙여놓았다. 그때 현관문이 열렸다. 엄마와 아우구스타였다.

나는 현관에서 들려오는 그들의 소리에 귀를 기울였다. 아우구스타가 퉁명스러운 목소리로 불평했다. 아우구스타는 유치원에서 돌아올 때마다 항상 피곤하고 지쳐 있었다. 가만히 들어보니 아우구스타는 혼자 외투를 벗기 싫어서 짜증을 내고 있었다. 예전의 다이너마이트 아우구스타라면 엄마가 옷을 벗겨줄 때까지 소리 지르고 발버둥을 쳤을 텐데, 요즘은 나직이 불평을 늘어놓는 게 전부였다. 그러다가 결국은 혼자서 조용히 외투를 벗곤 했다.

거실로 들어온 아우구스타는 말없이 혼자 인형놀이를 했다.

부엌으로 들어온 엄마는 평소와 마찬가지로 내 머리를 쓰다듬어주고, 역시 평소와 마찬가지로 오늘 잘 지냈느냐고 건성으로 물었다.

엄마가 냉장고 문을 열다가 멈칫하더니, 천천히 손을 들어 유니 누나의 사진을 가리켰다.

"이건 어디서 났니?"

엄마가 나를 돌아보지도 않고 물었다.

"앨범에서 찾았어요."

"이게 왜 여기에 있지?"

부엌에 들어온 아우구스타가 엄마 손에 있는 사진을 바라보았다.

"유니 언니!"

아우구스타는 사진을 보며 환하게 미소 지었다. 사진 속의 유니 누나가 너무나 아름답고 밝은 미소를 짓고 있었기에 보는 사람도 환하게 웃을 수밖에 없었다.

하지만 엄마는 이해하지 못하는 것 같았다. 엄마는 나를 바라보며 나직하고 심각한 목소리로 말했다.

"율리안, 앨범에서 아무거나 떼어내면 안 돼."

"그건 아무거나가 아니라 유니 누나예요."

엄마는 아우구스타를 향해 말했다.

"거실로 가. 난 율리안과 이야기를 좀 해야겠다."

"하지만…"

아우구스타가 주저했다.

"지금 당장."

엄마가 심각한 목소리로 말했다.

아우구스타는 재빨리 거실로 돌아가 인형놀이를 계속했다.

"여기 잠깐 앉을까?"

엄마가 식탁을 가리키며 말했다.

엄마는 의향을 묻는 듯 말했지만, 나는 선택의 여지가 없다는 것을 잘 알고 있었다.

"율리안… 우리가 예전처럼 살기를 바라는 네 뜻도 이해해."

"네."

"하지만 그런 일은 일어나지 않을 거야."

"저도 알고 있어요."

"유니는 돌아오지 않아. 우리가 이렇게 사진을 걸어놓아도 돌아오지 않는단 말이야."

"저도 알아요. 하지만 제가 사진을 걸어놓은 건 그 때문이 아니에요…"

"난 발길이 닿는 데마다 유니의 사진을 걸어놓거나, 유니의 묘를 시도 때도 없이 찾는다고 마음이 편해지는 건 아니라고 생각해."

"제가 발길이 닿는 데마다 누나의 사진을 걸어놓은 건 아니잖아요. 저는 단지 냉장고에 사진을 붙여놓았을 뿐이에요. 게다가 우리는 엄마 말처럼 누나의 묘에 시도 때도 없이 가지도 않아요."

"기다려."

엄마가 말을 이었다.

"시간이 필요한 일이란다. 시간이 지나면 점점 좋아질 거야… 적어도 사람들은 그렇게 말하더구나."

엄마는 마치 혼잣말을 하듯 나를 쳐다보지도 않고 나직이 중얼거렸다.

"네. 하지만 이 사진만이라도 여기 걸어두면 안 될까요?"

"시간이 필요한 일이라고 했잖니."

"딱 한 장도 안 되나요?"

"인내심을 가져, 율리안."

엄마는 자리에서 일어나 나를 가볍게 껴안았다. 그건 매우 이상한 포옹이었다. 엄마가 아들에게 건네는 따스한 포옹이 아니라 복제인간 엄마가 건네는 무덤덤한 포옹이었다.

유니 누나는 여전히 식탁 위에서 우리를 향해 미소 짓고 있었다. 엄마는 그 사진을 들고 거실로 갔다.

나는 부엌 문 근처에 서서 엄마를 지켜보았다. 엄마는 사진을 앨범에 다시 끼워 넣고, 앨범을 책상 서랍에 넣었다.

나는 멍하니 앉아 있었다. 아무 말도 할 수 없었다. 바보 같은 눈물만 하염없이 뺨을 타고 흘러내릴 뿐이었다. 그날은 하루 종일 무언가에 짓눌린 듯 가슴이 답답했다. 저녁을 먹을 때도, 저녁을 먹고 난 후에도 아무 말을 할 수 없었다. 음식을 삼키기도 힘들었다. 하지만 아무도 그런 나를 눈여겨보지 않았다. 모두들 평소와 다름없이 침묵을 지킬 뿐이었다.

바보 멍청이 헤드빅! 그녀는 항상 즐거워한다. 그녀는 세상의 모든 일이 너무나 쉽다고 생각할 것이 뻔했다.

하지만 그건 그녀의 생각일 뿐이다. 하긴 그토록 널찍하고 아름답고 아늑한 집, 방마다 크리스마스 장식을 한 집에서 산다면 매일 웃으면서 즐겁게 살 수 있겠지.

나는 헤드빅이 실수를 했다고 생각했다. 그녀는 우리가 어떻게 지내는지는 전혀 모르고 있었다. 아무것도.

생각하면 할수록 화가 치밀었다. 돌덩이가 목구멍을 꽉 막고 있는 듯한 느낌도 사라지지 않았다. 이제 크리스마스까지 사흘밖에 남지 않았다. 단 사흘. 사흘 내에 크리스마스 준비를 한다는 건 무리였다. 어쩌면 올해는 정말 크리스마스를 포기해야 할지도 몰랐다.

다음 날 학교에서도 나는 화를 삭이지 못했다. 크리스마스 방학을 하는 날, 모두들 군것질을 하며 즐겁게 놀았지만 나는 그러지 못했다.

학교에서 집으로 돌아갈 때도 화가 가라앉지 않았다. 학교 정문 앞에서 욘을 만난 것도 도움이 되지 않았다.

"안녕."

욘이 인사를 건넸다.

"안녕."

"이제 방학이야."

욘이 말했다.

"응."

우리는 함께 눈길을 걸었다. 욘이 나를 곁눈질로 돌아보았다.

"눈이 많이 왔어."

욘이 말했다.

"응."

"이렇게 눈이 많이 온 건 처음 봤어."

욘이 말했다.

"응."

욘이 침묵을 지켰다. 나도 아무 말을 하지 않았다. 우리 사이에 달라진 것은 없었다. 나는 발걸음을 빨리했다. 나는 집에 가고 싶을 뿐이었다… 아니… 솔직히 집에 가도 달라지는 건 아무 것도 없을 것 같았다.

"그런데 말이야, 이제 날씨 이야긴 그만했으면 좋겠어."

"뭐?"

욘이 되물었다.

"어른들은 맨날 날씨 이야기만 해."

"듣고 보니 그런 것 같네."

욘이 말했다.

"난 우리가 이제 날씨 이야기를 안 했으면 좋겠어."

"알았어. 그렇다면 다른 이야기를 하자."

욘이 말했다.

"좋아."

하지만 우리는 한마디도 더 하지 않았다. 상관없는 일이었다. 어차피 욘과 대화를 나누어도 지루할 테니까. 사실 그 누구와 대화를 해도 지루한 건 마찬가지다.

나는 더 빨리 걷기 시작했다. 욘은 내 속도를 따라잡지 못해 종종걸음으로 걸었다. 나는 곁눈질로 그를 바라보았다. 그의 빼빼 마른 두 다리가 커다란 겨울 신발 위에 성냥개비 두 개처럼 솟아올라 있었다. 커다란 목도리는 그의 얼굴을 반 이상 가리고 있었다. 나머지 반은 모자에 가려 있었다. 모자와 목도리 사이로 얼굴이 조금밖에 보이지 않았다. 서로 잘 아는 사이라면 상대방을 이해하기 위해 특별히 얼굴을 많이 봐야 할 필요는 없다. 나는 욘을 바라보았다. 그는 슬퍼하고 있었다. 아주 많이. 진심으로 슬퍼하고 있었다.

하지만 나와는 상관없는 일이라는 생각이 들었다.

평소에 우리는 교차로에서 작별 인사를 나누었다. 하지만 나는 아무 말 없이 집을 향해 뚜벅뚜벅 걸었다. 그에게 작별 인사를 건넬 마음이 없었다. 다시 무의미한 대화를 나누는 게 불필요하다는 생각뿐이었다.

"잠깐만."

욘이 나를 불러 세웠다.

나는 뒤를 돌아보았다.

"왜, 뭐야?"

그가 가방을 내려놓고 무언가를 꺼냈다. 선물이었다.

"자, 받아."

그가 내게 선물을 건네주었다.

나는 무덤덤하게 선물을 받았다.

"…고마워."

내겐 욘에게 줄 선물이 없었다. 우린 크리스마스가 다가오면 매년 선물을 주고받았다. 하지만 나는 올해 욘에게 선물 줄 생각을 하지 못했다. 까맣게 잊고 있었던 것이다. 핑계를 대기 위해 무슨 말이라도 해야 할 것 같았다. 하지만 내가 꼭 그래야 할 필요는 없다는 생각이 들었다. 솔직히 우리가 선물을 주고받자고 약속을 한 것도 아니니까. 그러니 그가 내게 선물을 주었다고 해서, 나도 그에게 선물을 줘야 할 필요는 없지 않은가.

"메리 크리스마스."

욘이 말했다.

나는 얼굴이 화끈 달아오르는 것 같았다.

"관둬."

나는 퉁명스럽게 말했다.

"어… 뭐?"

"올해 크리스마스는 없어."

나는 그가 준 선물을 가방에 찔러 넣으며 말했다.

"아… 알았어."

"난 이제 집에 가야 해."

"알았어. 잘 가."

욘은 커다란 신발 위로 솟아오른 두 개의 성냥개비 같은 다리로 걷기 시작했다. 그의 빼빼 마른 몸은 학교 가방 뒤에 가려져 거의 보이지 않았다. 그의 머리도 볼 수 없었다. 그의 머리는 양어깨 사이로 축 저져 있었기 때문이나.

목이 메어왔다. 목이 따끔따끔했다.

나는 얼른 몸을 돌려 집으로 향했다. 바보 같은 욘. 날씨 이야기만 하는 멍청한 욘. 아무것도 모르는 욘. 나는 점점 더 빨리 걷기 시작했다. 있는 힘을 다해 뛰다보면 목이 아프지 않게 될까. 하지만 특별히 도움이 되진 않았다. 숨을 쉴 수 없을 정도로 목이 너무 아팠다. 화가 났다. 욘에게, 엄마에게, 아빠에게, 심지어는 갑자기 세상을 떠나버린 유니 누나에게도 화가 났다.

누나, 왜 갑자기 세상을 떠나야만 했지? 왜? 도대체 왜 그렇게 떠나야만 했냐고!

길모퉁이를 도는 순간 누군가와 정면으로 부딪쳤다.

"아얏!"

"안녕!"

헤드빅이었다. 내가 부딪친 사람은 그녀였다. 그녀는 아픈 듯 이마를 문지르다가 내게 미소를 지었다. 나는 항상 멍청하게 미소만 짓는 그녀의 모습이 보기 싫었다.

"너였니?"

"율리안! 널 찾고 있었어! 이제야 너를 만났구나."

"그랬니?"

갑자기 나도 이마가 얼얼하게 아파 와서 나는 이마로 손을 가져갔다.

"네 생각을 얼마나 많이 했는지 아니? 어제 하루 종일 네 생각만 했어."

헤드빅이 말했다.

"어떻게 됐어? 부모님과 이야기해봤니? 유니에 대해서? 난 어제 오늘, 계속 너희 가족만 생각했어. 유니를 만나보고 싶다는 생각도 해봤단다. 네 이야기를 들어보면 유니는 아주 밝고 상냥하고 예쁜 누나일 것 같아. 그런 누나가 있는 네가 솔직히 좀 부럽기도 했어. 그런데 그런 누나가 세상을 떠났으니 네가 많이 슬펐을 것 같아."

그녀는 평소처럼 쉬지 않고 재잘거렸다. 나는 걷기 시작했다. 이전에는 그녀의 이야기를 듣는 것이 즐거웠다. 그녀가 밝은 얼굴로 춤추듯 쏟아내는 말들이 좋았다. 하지만 지금은 달랐다.

"넌 궁금한 것도 많구나."

내가 말했다.

그녀가 어안이 벙벙한 표정으로 나를 바라보았다.

"넌 쉴 새 없이 질문만 던져. 하지만 그 질문에 대한 대답은 들으려고도 하지 않잖아."

그녀가 걸음을 멈췄다.

"우리 오빠도 너랑 똑같은 말을 했었어."

그녀가 나직이 중얼거렸다.

"나랑 똑같은 말을 했었다고? 네 오빠는 참 똑똑한 사람인가봐!"

"미안해. 하지만 난 정말 이 모든 일이 너무나 궁금하단 말이야. 내 속에는 갖가지 질문이 흘러넘쳐서 대답을 기다리기가 쉽지 않아. 내가 무슨 말을 하는지 이해할 수 있겠니? 온갖 질문이 입밖으로 나가기만을 줄지어 기다리는 것 같아. 율리안, 너는 그렇지 않니? 마음속에 너무나 많은 것이 있어서 가끔은 밖으로 쏟아내야…"

"넌 지금 같은 실수를 되풀이하고 있는 거야."

"앗!"

그녀가 얼른 손을 들어 입을 막았다.

"미안해, 미안해."

"넌 나에 대해 모든 것을 알고 싶다고 했지? 하지만 넌 정작 너에 대해선 아무것도 알려주지 않아."

"하지만 나도 노력하고 있어. 진심으로 노력하고 있단 말이야. 그런데 쉽지 않아."

그녀가 진심이 담긴 눈을 동그랗게 뜨며 나를 바라보았다. 갑자기 수많은 질문을 쏟아내야 하는 사람은 그녀가 아니라 나라는 생각이 들었다.

"그게 그렇게 어려운 일이니? 그럼 이렇게 해보자. 번갈아가면서 질문하는 건 어때? 나도 너에 대해 궁금한 게 아주 많거든. 예를 들어 너와 헨릭은 어떻게 알게 되었는지? 왜 그가 다락방 빌라 앞에 서 있었는지? 왜 난 아직 너의 가족을 한 명도 못 만났는지? 그리고 흔들의자의 비밀은 무엇인지? 너희 집의 비밀은 무엇인지?"

나는 숨을 들이쉬었다. 갑자기 그녀가 했던 말이 떠올랐다.

"그리고 네가 항상 질문만 쏟아놓고 대답은 들으려 하지 않는다고 말했다던 네 오빠…"

"무슨 말을 하고 싶은 거니?"

"넌 네 오빠가 그런 말을 했었다고 과거형으로 말했어. 왜 그렇게 말했니? 네 오빠가 지금은 그렇게 말하지 않니? 넌 지금도 여전히 질문만 하고 대답은 들으려 하지 않잖아? 도대체 뭣 때문이니? 네 오빠도 죽었니?"

헤드빅은 두 손을 내게 내밀었다. 하지만 나는 그녀의 손을 잡아주지 않았다.

"오, 율리안."

그녀가 나직이 말했다.

"응. 이제 대답해봐. 이젠 네가 설명할 차례야."

"하지만 난 아무 말도 할 수 없어."

그녀는 내 시선을 피해 발끝만 내려다보았다.

"그렇다면 나는 네 친구가 될 수 없어."

"뭐라고?"

"네 친구가 되기 싫다고. 난 친구가 필요 없어. 나를 진심으로 대하지 않는 사람과는 친구가 되고 싶지 않아!"

"율리안. 그것만은 안 돼!"

"왜 안 되니?"

나는 발길을 돌리려 했다. 그 순간 그녀가 내 팔을 꼭 잡았다.

"그럴 수는 없어. 오직 너만이 나를…"

"난 내가 하고 싶은 대로 할 권리가 있어."

나는 뒤도 돌아보지 않고 걸었다.

화가 잔뜩 나 성큼성큼 걸어갔다.

한 걸음, 두 걸음, 세 걸음.

네 걸음, 다섯 걸음, 여섯 걸음.

성큼성큼 걷던 내 보폭이 갑자기 좁아졌다.

일곱 걸음, 여덟 걸음, 아홉 걸음.

이제는 화도 나지 않았다.

열 걸음, 열한 걸음, 열두 걸음.

갑자기 후회가 밀려왔다.

그녀는 여전히 내 등 뒤에 서 있을 것이다. 불쌍한 헤드빅. 그녀에게 이렇게 화를 낼 필요는 없었는데. 내가 너무 심한 말을 했다는 자책감이 밀려왔다. 그녀에게는 내 질문에 대답할 수 없는 나름의 이유가 있었을 것이다. 게다가 우린 친구가 된 지 며칠 되지도 않았는데.

열세 걸음… 열네 걸음… 열다섯 걸음… 그녀는 여전히 길 위에 서서 울고 있을지도 몰랐다.

나는 몸을 돌렸다.

하지만 그녀는 보이지 않았다.

그녀의 발자국도 내리는 눈에 파묻혀 점점 사라지고 있었다.

17

나는 터덜터덜 걷기 시작했다. 발이 시려웠다. 아니, 발만 얼어붙은 게 아니라 온몸과 마음 속까지도 꽁꽁 얼어붙은 것 같았다. 마치 묵직한 손이 내 심장을 꽉 쥐어 잡고 있는 것 같았다. 터덜터덜 걷고 있으니 가슴이 더 아팠다. 나는 주변 사람들을 친절하게 대하지 못했다. 욘은 물론 헤드빅에게도.

머릿속이 멍해졌다. 나는 생각해보려 애썼다. 욘에게 줄 크리스마스 선물을 마련해야겠다고 생각했다. 아주 멋있는 선물. 돼지 저금통에 남아 있는 돈을 모두 쓴다면 욘에게도 좋은 선물을 줄 수 있을 것 같았다.

다시 좋은 생각이 떠올랐다. 헤드빅에게도 미안하다고 사과하고 싶었다. 그건 내가 꼭 해야 하는 일이었다. 지금 당장. 저녁 식사 시간에 늦는다 하더라도 말이다.

순간 내 심장을 아프게 누르던 묵직한 손이 어디론가 사라진 것 같았다. 홀가분하기 그지없었다.

나는 다락방 빌라까지 쉬지 않고 뛰어갔다.

헤드빅이 정원에 있기를 바랐다. 그러면 그녀를 보자마자 미안하다는 말을 건넬 수 있을 것이다. 하지만 다락방 빌라에 도착하니 나를 맞은 건 어둠뿐이었다. 창으로 새어나오는 불빛이 한 줄기도 보이지 않았다.

정원에는 눈이 산더미처럼 쌓여 있었다. 나는 발목까지 푹푹 빠지는 눈을 헤치고 대문까지 가보았다.

정말 이상했다. 지난번에 여기 왔을 때는 분명히 눈이 깨끗하게 치워져 있었는데…

가장 이상했던 것은 눈사람도 사라졌다는 점이었다. 눈사람이 있던 자리에는 눈사람의 흔적조차 찾을 수 없었다. 헤드빅이 너무나 화가 나서 눈사람을 치워버린 건 아닐까.

나는 대문을 두드렸다. 한참을 두드렸지만 아무도 대답하지 않았다.

나는 계단을 내려와 집을 올려다보았다. 어쩌면 헤드빅은 어둑한 방의 창가에 서서 나를 내려다보고 있을지도 몰랐다. 화가 너무 많이 나서 대문을 열어주지 않는지도 몰랐다.

"헤드빅."

나는 조용히 그녀의 이름을 불러보았다.

하지만 아무 일도 일어나지 않았다.

"헤드빅."

나는 좀더 소리 높여 그녀를 불러보았다.

"미안해!"

이번에도 아무런 반응이 없었다.

"헤드빅?"

여전히 고요하기만 했다.

이젠 뭘 어떻게 해야 하지?

나는 제자리에 서서 헤드빅의 집을 바라보았다. 그 순간 이전에는 눈치채지 못했던 것들이 눈에 보이기 시작했다. 건물 외벽의 흰색 페인트는 너무나 오래되어 점점이 떨어지려 하고 있었다. 일층 창문은 깨져 있었다. 지난번에 왔을 때도 창문이 깨져 있었나? 창문 안쪽에 커튼이 흔들리고 있었다. 저 방은 보라색 방이었던가? 하지만 눈앞에 보이는 커튼은 너무나 낡고 색도 바래 있었다.

심장이 쿵쿵 뛰기 시작했다. 무언가 잘못되었다는 생각이 들었다. 무언가 너무나 잘못되었다는 생각뿐이었다. 눈앞의 다락방 빌라는 내가 알던 다락방 빌라가 아니었다. 내가 집을 잘못 찾아온 건 아닐까? 하지만 나는 집 주소를 정확히 알고 있었다. 피오르가 2번지. 주소가 달라지진 않았을 것이다.

그렇다면 헤드빅은 어디에 있을까?

나는 아무 생각 없이 깨진 창문 쪽으로 다가갔다. 손을 집어넣어 창을 들어 올리니 살짝 틈이 생겼다. 창문을 여는 내 손이 달달 떨렸다.

창문을 통해 집 안으로 들어가는 동안 나의 온몸이 심하게 떨렸다.

집 안에 들어간 나는 한참 동안 제자리에 가만히 서 있었다. 심장이 쿵쿵 뛰는 소리가 귓가에 닿았다. 가장 먼저 깨달은 것은 집 안이 너무 춥다는 것이었다. 내 입에서는 하얀 입김이 나오고 있었다. 나는 눈이 어둠에 익숙해질 때까지 기다렸다가 천천히 방 안을 둘러보았다. 방을 살펴본 내 입에선 작은 비명이 터져나왔다.

모든 것이 변해버렸다. 녹색 벽지는 낡아 덜렁거리고 있었으며, 푹신하고 커다란 소파 위는 물론 바닥에도 하얀 먼지가 수북하게 쌓여 있었다.

나는 두 눈을 질끈 감았다. 꿈을 꾸는 것 같았다. 따스하고 아늑하던 방은 어디로 사라졌을까? 나는 이틀 전에도 이곳에 왔었다. 지난 이틀 동안 도대체 무슨 일이 있었던 걸까?

나는 천천히 눈을 떴다.

방 안은 여전히 그대로였다. 먼지가 여기저기 수북하게 쌓여 있었고, 방 한구석에는 쥐똥도 있었다.

나는 얼른 복도로 나가 서재로 들어가 보았다. 책장은 텅 비어 있었다. 가득 꽂혀 있던 책들이 온데간데없이 사라져버린 것이다. 가구들은 구석에 차곡차곡 쌓여 있었다. 바닥에 있는 것이

라곤 흔들의자 하나밖에 없었다. 하지만 그 흔들의자조차 윤기 흐르는 흰색이 아니라 먼지에 뒤덮여 회색으로 변해 있었다. 뿐만 아니라 여기저기 흠집도 나 있었다.

그것은 헤드빅과 함께 숨바꼭질을 할 때 본 흔들의자가 아니라, 불빛 때문에 잘못 보았다고 생각했던 낡은 흔들의자였다.

꿈을 꾸는 것만 같았다. 만약 내가 꿈을 꾸고 있다면 얼른 잠에서 깨어나고 싶었다. 얼른.

나는 다시 복도로 나가 부엌문을 열어보았다. 우리가 코코아를 만들어 먹던 아름다운 푸른색 부엌은 거의 텅 비어 있었다. 냉장고에는 여기저기 녹슨 자국이 있었고, 천장에는 거미줄이 걸려 있었다.

갑자기 내 귓가에 겁에 질려 숨을 몰아쉬는 소리가 들렸다. 나는 그 숨소리가 내게서 나오는 소리라는 것을 깨달았다.

어디선가 낯선 소리가 들렸다. 그것은 대문에 열쇠를 꽂는 소리였다.

잠금 장치가 돌아가는 소리에 이어 대문이 삐걱 열리는 소리가 들렸다.

누군가가 집 안에 들어오는 중이었다.

부엌 앞 복도에 거뭇거뭇한 그림자가 움직이는 것을 보았다. 나는 얼른 문 뒤로 몸을 숨겼다. 어떤 남자의 그림자였다. 그의 발소리는 묵직했다.

발소리가 가까워졌다. 나는 숨소리를 내지 않고 가만히 서 있으려 안간힘을 썼다. 손가락 하나도 까딱하지 않고 숨도 쉬지 않았다.

그림자가 부엌 앞을 지나치자, 나는 그제야 안도의 한숨을 내쉬었다. 다행히도 그는 부엌에 들어오지 않았다.

나는 주변을 둘러보았다. 몸을 숨길 곳이 필요했다. 만약 그가 되돌아와 부엌 안을 살펴본다면 틀림없이 가장 먼저 나를 발견할 것이다.

싱크대 밑에 몸을 숨길 만한 작은 공간이 있었다. 나는 살금살금 다가가 소리 나지 않게 문을 열고 그 안에 들어갔다.

싱크대 안에서 나는 곰팡이 냄새에 숨이 멎을 것만 같았다. 나는 몸을 최대한 웅크렸다. 고개를 숙이고 양 무릎을 모아보았지만, 그곳에 몸을 숨기기는 쉽지 않았다. 나는 항상 키가 더 컸으면 좋겠다고 생각했는데 이번만큼은 내가 거인이 된 듯한 느낌이었다. 문을 닫을 수가 없었다. 아무리 몸을 웅크리고 다리를 포개어도 도움이 되지 않았다.

다시 발소리가 들렸다. 그가 다가오고 있었다. 다음 순간 그가 부엌문을 열었다.

나는 싱크대 밑의 문을 닫아보려 했지만, 손잡이는 바깥쪽에 있었고, 안쪽은 매끈한 판자였기에 마음처럼 잘 되지 않았다. 바로 그때 문을 놓쳐버렸다.

문이 삐걱 소리를 내며 천천히 열렸다. 나는 부엌에 서 있는 남자의 다리를 보았다.

나는 두 눈을 질끈 감았다. 이제 끝장이라는 생각이 들었다.

"율리안?"

귀에 익은 목소리였다. 매우 귀에 익은 목소리여서 반갑기까지 했다.

나는 두 눈을 뜨고 남자를 바라보았다. 그는 바로 헨릭이었다.

그는 순간적으로 매우 놀란 듯했다. 곧이어 화가 난 듯 그의 얼굴이 점점 일그러지기 시작했다. 그의 두 눈은 가늘어졌고, 목소리는 굵어졌다.

"여기 오지 말라고 했지? 여긴 네가 올 수 있는 곳이 아니야."

"네… 죄송합니다."

나는 싱크대 속에서 빠져나와 그의 앞에 섰다. 시선을 어디에 둬야 할지 몰라 발끝만 내려다보았다. 그게 가장 안전할 것 같았다.

"네가 여기서 뭘 하고 있었는지 말해보렴. 여긴 내 집이야. 내 허락 없이 누가 들어오는 게 그리 좋지는 않단다."

헨릭이 말했다.

"아저씨 집이라고요?"

나는 너무 놀라서 나도 모르는 사이에 고개를 들고 그를 빤히 바라보았다.

"그런데 왜 여기서 살지 않나요?"

헨릭이 고개를 돌리자, 그의 얼굴에 그림자가 드리워졌다.

"견딜 수가 없어서 그래. 여기 있으면 자꾸 여동생 생각이 나거든."

"여동생이라고요?"

내 목소리가 아주 먼 곳에서 들려오는 낯선 소리처럼 느껴졌다.

"헤드빅. 내 여동생이란다. 난 여기만 오면 아직도 헤드빅이 이 집 어딘가에 있을 것 같다는 생각에서 헤어날 수가 없어."

나는 그와 함께 아주 평범한 대화를 나누는 것처럼 서 있었지만, 내 마음은 폭풍이 부는 것처럼 거세게 요동치고 있었다.

"여동생은 지금 어디에 있나요?"

나는 쥐어짜듯 겨우 말을 이었다.

"만약 여기에 없다면 지금 어디에…?"

"교회 묘지에 있어. 헤드빅은 죽었단다."

헨릭이 말했다.

"주… 죽… 죽었다고요?"

"헤드빅은 열 살이 되던 해 크리스마스이브에 세상을 떠났어."

헨릭이 말했다.

그의 얼굴은 고통을 이기지 못해 일그러졌다.

"벌써 50년 전 일이란다."

"뭐라고요?"

"올해가 정확히 50년째 되는 해지."

"설마! 그럴 리 없어요!"

"맞아. 내 여동생은 내가 어렸을 때 세상을 떠났단다."

"그럴 리가! 아저씨에게 여동생이 있다고요? 아니에요! 헤드빅이 아저씨의 여동생이라니요! 말도 안 돼요! 아저씨가 뭘 잘못 알고 있는 게 분명해요!"

나는 뒤도 돌아보지 않고 그 집을 뛰쳐나왔다. 헨릭에게서, 다락방 빌라에서 멀어지고 싶었다. 아니, 세상 모든 것에서 도망치고 싶은 생각뿐이었다.

헤엄을 쳤다. 수영장에 가서 앞만 보며 헤엄을 쳤다. 왔다 갔다 반복하면서.

나는 숨을 쉴 때만 물 위로 머리를 내밀었다. 물속에 얼굴을 담그고 있으니, 움직일 때마다 물이 내 얼굴에 부딪쳐왔다.

발로 물을 박차며, 내가 있을 곳은 수영장밖에 없다고 생각했다. 이 세상에 오직 단 한 곳.

우리 집은 여전히 슬픔으로 가득했고, 학교는 크리스마스 방학을 맞아 문을 닫았다. 욘을 찾아갈 수는 없었다. 그에게 심술을 부렸기 때문에 차마 용기가 나지 않았다. 나는 우리가 이제는 친구가 아니라고 생각했다. 그래서 크리스마스 선물을 주고받는 것은 아무런 의미가 없다고 생각했다.

최근에 나는 다락방 빌라에 갔었다. 하지만 알고 보니 그곳은 내가 알고 있는 곳이 아니었다. 그곳은 존재하지 않는 장소일 뿐이었다. 나의 유일한 친구라고 생각했던 헤드빅도 존재하지 않았다. 왜냐하면 그녀는… 그녀는…

나는 생각을 정리하기 위해 안간힘을 썼다.

나의 유일한 친구라고 믿었던 헤드빅은… 유령이었다.

있을 수 없는 일이었다. 불가능하다고 생각했던 일이었다. 그렇게 아름답고 아늑하며, 방마다 온기가 흐르고 크리스마스를 맞아 예쁘게 장식되어 있던 다락방 빌라가 구석구석에 먼지가 수북하고 거미줄로 가득한 집이었다니. 나는 항상 웃음을 머금고, 콧잔등에 주근깨가 가득했던 헤드빅이 내 친구라고 생각했다. 살아 있는 친구. 그런 그녀가 사실은 50년 전에 땅에 묻힌 영혼

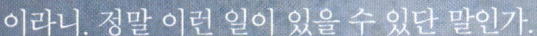

이라니. 정말 이런 일이 있을 수 있단 말인가.

내가 아무리 부인해도 이미 내게 일어난 일들은 모두 사실이었다. 하나도 빠짐없이. 다락방 빌라와 헤드빅은 내게 너무나 생생하게 다가왔다. 그녀의 집은 내가 가본 집 중에서 가장 아늑하고 아름다웠다. 헤드빅은 내가 만난 사람 가운데 가장 강한 생명력을 느낄 수 있는 아이였다.

그녀가 너무나 그리워 가슴이 먹먹해졌다. 그녀가 눈앞에 있다면 내게 무슨 말을 해주었을까? 유령의 집과 살아 있는 듯 온기를 내뿜는 유령에 대해 그녀는 어떻게 생각할까?

만약 내가 이런 말을 한다면, 그녀는 분명 벌어진 앞니를 훤히 드러내며 미소를 지을 것이다. 주근깨가 가득한 콧잔등을 찡긋하며 이렇게 말하지 않았을까… 글쎄… 이젠 알 것 같기도 했다. 그녀는 분명 환상적이라고 말했을 것이다. 불가능하다고 생각했던 일이 정말 일어났다는 사실을 두고 그녀는 환상적이라고 말하지 않았을까.

"이 세상에는 우리가 설명할 수 없는 일이 많아. 하지만 그렇기 때문에 우리가 무언가를 진정으로 바라고 원할 수 있다고 생각해. 설사 그것이 불가능하다고 생각하더라도 말이야. 왜냐하면 이 세상은 설명할 수 없는 일, 이해할 수 없는 일들로 가득 차 있기 때문에 가치가 있는 거야. 율리안, 너는 그렇게 생각하지 않니? 바로 그런 것들이 우리의 삶을 가치 있게 만든다고 생각해!"

그녀는 분명히 이렇게 말했을 것이다.

하지만 그녀는 지금 여기에 없다. 그렇기 때문에 나는 그녀의 목소리를 들을 수 없다. 그녀는 이미 세상을 떠나 교회 묘지에 묻혀 있다. 유니 누나처럼.

수영을 하고 있으니 또 다른 생각들이 계속해서 내 머릿속을 헤집고 들어왔다. 내가 헤드빅

을 만날 수 있었던 이유는 무엇일까? 왜 그녀는 그날 창문에 주근깨 가득한 코를 대고 나를 보고 있었을까? 그녀는 나를 돕기 위해 찾아왔던 것일까? 아니, 어쩌면 그녀는 나의 도움을 받기 위해 찾아왔는지도 모른다.

과연 그랬을까. 그렇다면 그건 어떤 의미일까. 나는 그녀 덕분에 며칠 동안 아주 행복했다. 그리고 잠깐이긴 했지만 앞으로 더 나아질 수 있다는 희망도 생겼다. 올해 크리스마스를 제대로 보낼 수 있으리라는 희망과 함께.

하지만 헤드빅은 나를 떠나고 말았다. 마치 나를 놀리기 위해 잠시 다녀간 것 같았다. 올해 크리스마스를 제대로 보낼 수 있으리라는 희망도 사라졌다. 이제는 아무것도 나아질 것 같지 않았다.

나는 수영장 안전요원이 다가와 문 닫을 시간이 되었다고 말할 때까지 수영을 했다. 나는 수영장을 나와서 터덜터덜 집으로 향했다. 그다지 춥진 않았다. 길 위엔 쌓인 눈이 녹아 질척거리는 곳도 더러 있었다. 물이 신발 안으로 새어 들어와 발이 축축하게 젖기 시작했다. 그렇다. 눈은 원래 물이었다고 했지. 젠장.

나는 홀로 부엌에 앉아 딱딱한 납작빵을 밤참으로 먹었다.

식탁 위에는 대림절 촛대가 세워져 있었다. 촛대 위에 꽂혀 있는 양초는 여전히 흰색이었다. 집 안의 어느 누구도 흰색 양초를 보라색 양초로 바꾸어놓지 않았다. 문득 대림절 촛대조차 아무런 의미가 없는 것 같았다. 크리스마스의 의미를 애써 찾을 필요도 없다고 생각했다. 허무했다.

나는 얼른 일어나 촛대 위에 꽂혀 있는 양초 네 개를 모두 쓰레기통에 던져버렸다.

내일은 12월 23일이었다. 하지만 11월의 여느 월요일과 다르지 않을 것이다. 우리 집에선 크리스마스는커녕 생일 파티를 준비하는 흔적도 찾아볼 수 없다. 나는 나름대로 노력해보았다. 하지만 다른 가족들은 시도할 마음조차 없었기에 내 노력은 물거품이 되고 말았다.

딱딱한 납작빵을 더 먹고 싶은 생각이 사라졌다. 나는 남은 빵을 쓰레기통에 버린 뒤 부모님에게 잘자라는 인사도 하지 않고 내 방으로 들어갔다. 유니 누나가 세상을 떠난 날을 제외하고선 이처럼 슬프고 우울하고 화가 난 적은 없었다. 아니, 어떻게 보면 유니 누나가 떠난 날보다 더 슬프고 우울했다. 왜냐하면 그때는 부모님에게 위로라도 받을 수 있었지만, 지금은 그마저도 기대할 수 없기 때문이다.

나는 너무나 슬프고 우울하고 화가 나서 말할 기운조차 없었다. 울음을 터뜨릴 기운도 없었다. 잠을 잘 기운도 없었다. 그래서 나는 침대에 가만히 누워 있기만 했다. 온몸이 마비된 것 같았다.

앞으로 좋은 일이 일어나지 않을 것 같다는 절망적인 생각에 빠져 있을 때 방문 열리는 소리가 났다. 목재 바닥 위로 작은 두 발이 타닥타닥 걷는 소리가 들렸다. 나무판자가 삐걱거렸다. 그 소리는 내 침대 옆에서 멈췄다.

나는 몸을 돌렸다. 침대 옆에 아우구스타가 서 있었다.

"오빠…"

동생이 나직이 속삭였다.

"응, 무슨 일이야?"

나도 동생과 마찬가지로 나직이 말했다.

"오빠도 잠이 안 와?"

동생이 다시 나직이 말을 걸었다.

"응."

"크리스마스 생각을 해봤어."

"그랬니?"

"올해는 크리스마스가 오지 않을 것 같아. 유니 언니도 없고."

"오… 나도 그래."

"오늘은 오빠 방에서 자도 돼?"

동생이 물었다.

"그래."

아우구스타가 이불 속으로 기어들어와 내 옆에 누웠다. 내가 유니 누나 방으로 찾아갔을 때와 다르지 않았다. 내 얼굴 바로 밑에 아우구스타의 얼굴이 있었다. 동생의 부드러운 머리카락이 내 코를 간질였다. 나는 동생의 머리에 코를 가져갔다. 동생에게선 젖은 고무장화와 우유와 비누향이 났다. 그건 내가 이 세상에서 알고 있는 냄새 중 가장 좋은 향기였다.

동생의 숨소리가 점점 느려지더니, 깊은 잠에 빠졌다.

나는 두 팔로 아우구스타를 감싸 안았다. 내 코끝을 간질이는 동생의 부드러운 머리카락을 느끼면서 마침내 나도 깊은 잠에 빠졌다.

다음 날 아침 눈을 떴을 때, 아우구스타는 여전히 깊은 잠에서 헤어나오지 못했다. 창밖은 환하게 밝아오고 있었다. 살짝 열린 커튼 사이로 아침 햇살이 새어 들어와 잠자는 아우구스타를 비추었다. 동생은 끙 하고 돌아누웠지만 잠에서 깨진 않았다.

나는 여전히 침대에 누워 아우구스타를 바라보았다. 잠에 빠진 동생은 평소보다 훨씬 더 작아 보였다. 나는 조심스레 한 팔을 뻗어 동생을 안아주었다. 나는 동생을 지켜줘야 한다고 생각했다. 이제 동생에겐 나밖에 없으니까.

그렇다. 오늘은 크리스마스 전날이고 아우구스타에겐 나밖에 없었다.

아우구스타는 다섯 살이었다. 다섯 살짜리 아이에게 크리스마스보다 더 중요한 날은 없다. 크리스마스이브가 내 생일이라는 사실은 그에 비하면 아무것도 아니었다. 나는 아우구스타에게 크리스마스를 돌려줘야겠다고 결심했다.

나는 살금살금 이불 속에서 빠져나왔다. 아우구스타가 잠에서 깨 천천히 눈을 떴다.

"조금 더 자."

"오빠, 어디 가?"

"할 일이 있어서 그래."

"무슨 일인데?"

"비밀이야. 왜냐하면 내일은 크리스마스이고, 오늘은 크리스마스이브잖아. 크리스마스에는 비밀이 있어도 괜찮아."

"크리스마스이브…"

갑자기 아우구스타가 두 눈을 번쩍 떴다.

"응, 크리스마스이브."

나는 동생에게 미소를 지으면서 몸을 굽혀 살짝 안아준 뒤, 서둘러 방을 나섰다.

"올해는 크리스마스가 오는 거야?"

아우구스타가 물었다.

나는 고개를 끄덕였다.

"응. 약속할게."

그렇다. 올해도 크리스마스를 포기할 수는 없었다. 아우구스타를 위해서라도. 나는 크리스마스를 맞이하기 위해 무엇을 어떻게 해야 하는지 잘 알고 있었다.

헨릭의 인쇄소까지 쉬지 않고 뛰어간 나는 숨을 가쁘게 몰아쉬었다. 문은 활짝 열려 있었다. 크리스마스이브였지만 헨릭은 일을 하고 있을지도 모른다고 생각했다. 내 짐작은 틀리지 않았다. 그는 인쇄소 안에 구부정하게 서서 기계를 살펴보고 있었다. 손에는 반짝이는 종이 한 장을 들고 있었다. 그의 표정은 슬퍼 보였다. 마치 어둡고 묵직한 그림자가 그의 머리 위에 드리워져 있는 것 같았다. 그는 기계 소리 때문에 내가 온 줄도 몰랐다. 기계가 작동을 멈추자 그제야 고개를 들어 나를 바라보았다.

그의 얼굴이 환해졌다.

"율리안!"

그가 들고 있던 종이를 내려놓았다.

"왔구나. 어서 와, 고마워, 고맙구나."

그는 한 발짝 더 내게로 다가와 손을 내밀었다.

"너와 이야기하고 싶었지만, 네가 어디 사는지 몰라서 찾아갈 수 없었단다. 지난번 일을 사과하고 싶었어. 너를 놀라게 할 마음은 조금도 없었어. 하지만 네가 우리 집 부엌에 있는 것을 보고 놀라기도 하고 화가 났던 건 사실이야. 너무 낡아서 금방이라도 쓰러질 것 같은 집에 있다가 다치기라도 했으면 어쩔 뻔했니. 바닥이 썩어서 발을 잘못 디디면 아래층으로 떨어질 수도 있단다. 사실은 그날 너를 봤을 때 가장 먼저 슬픈 마음이 들었어. 세상을 떠난 여동생을 생각할 때마다 항상 느끼는 감정이기도 해."

나도 그에게 한 걸음 다가갔다. 그리고 그가 내민 손을 잡았다.

"여동생에 대해서 얘기해주실 수 있나요?"

"헤드빅? 그래, 율리안… 해줄 수 있고말고."

우리는 지난번과 마찬가지로 인쇄소 구석에 있는 탁자에 앉아 그가 내온 과일 주스를 마셨다. 이번에는 주스를 급하게 마시지 않았다. 나는 가능한 한 소리를 내지 않으려 노력하며 그의 말에 집중했다. 나는 그가 하는 말을 한마디도 놓치지 않고 귀 기울여 듣고 싶었다.

"오늘이 딱 50년째 되는 날이란다."

그가 말문을 열었다.

"바로 오늘이지. 헤드빅과 나는 함께 크리스마스트리를 샀고, 트리를 썰매에 매달아 다락방 빌라까지 운반했단다. 우리는 그날 저녁에 부모님과 함께 크리스마스트리를 장식할 계획이었지. 트리 장식만 빼곤 크리스마스 맞을 준비를 다 해놓은 셈이었어. 이미 방마다 크리스마스 장식을 해놓아서 굉장히 아름다웠단다. 상상할 수 있겠니?"

"네, 그럼요. 상상할 수 있을 것 같아요."
그는 호기심 어린 표정으로 잠시 나를 바라보다가 다시 말을 이었다.
"헤드빅과 나는 맡은 일을 다했기 때문에 나가 놀아도 좋다는 허락을 받았어. 어머니와 아버지는 마지막으로 필요한 것들을 사기 위해 시내로 나갔지. 그 당시 우리는 겨울이 되면 얼어붙은 피오르 물 위에서 스케이트를 타곤 했어. 동네 아이들은 모두 그곳에 모였단다. 좀더 용감한 아이들은 스케이트를 타고 더 깊은 곳으로 가기도 했어."

그는 나를 바라보는 대신 마치 내면의 자신을 바라보는 듯 잠시 말을 멈췄다.
"헤드빅은 빨간 코트를 입고 있었어. 스케이트를 아주 잘 탔지. 팽이처럼 끝도 없이 빙글빙글 돌기도 했단다."
"저도 그러리라고 생각했어요."
"무슨 말이니?"
"아, 아무것도 아니에요."
그가 나를 한참 바라보더니 천천히 말문을 열었다.
"나는 헤드빅이 그처럼 멀리 가리라곤 생각지도 못했어. 헤드빅은 절대로 남들 앞에서 잘난 척하거나 과시하기 좋아하는 아이가 아니었거든. 그런데 그날은 스케이트 타는 데 정신이 팔려 있었나 봐."
나는 순간적으로 숨을 멈췄다.
"나는 나대로 다른 일에 정신이 팔려 있었지."
헨릭의 목소리는 점점 가늘어졌다.
"우리 반 아이와 이야기를 하느라 그랬어. 그런데 갑자기 헤드빅이 보이지 않는 거야. 얼음 위에는 안개가 자욱했단다. 저 멀리 아주 작은 점처럼 멀어져 있는 헤드빅을 발견했어. 나는 있는 힘을 다해 헤드빅을 소리쳐 불렀어. 하지만 대답은 들을 수 없었지. 어쩌면 얼음을 스치는 스케이트 날 소리 때문에 내 목소리가 들리지 않았을지도 몰라. 나는 다시 헤드빅을 소리쳐 불렀어. 하지만 헤드빅은 계속 앞으로 나아갔단다. 그리고…"
그는 과일 주스 컵을 내려다보았지만 주스를 마시지는 않았다. 그의 한쪽 뺨에서 굵은 눈물 방울이 뚝 떨어져 내렸다.

"그리고 비명 소리를 들었지."
"헤드빅의 비명 소리였나요?"
"귀를 찢는 듯한 외마디 비명이었어. 헤드빅은 얼음 구멍 속에 빠졌던 거야."
"헤드빅은 수영할 줄 모르잖아요."
그가 나를 날카로운 눈으로 쏘아보았다.
"네가 그걸 어떻게 아니?"
"제가 알고 있었던 건 아니에요."
나는 서둘러 할 말을 찾았다.
"그럴 것이라고 짐작했을 뿐이에요."
"나는 헤드빅에게 달려갔어. 저 멀리서 허우적거리는 헤드빅의 팔이 보였지. 하지만 아무 소리도 들리지 않았어. 너도 알다시피 물에 빠지기 직전의 사람들은 비명을 지를 수 없단다. 내가 본 건 허우적거리는 헤드빅의 두 팔뿐이었어. 나는 있는 힘을 다해 헤드빅을 향해 스케이트를 타고 달려갔어."
"그래서 어떻게 되었나요?"
나는 나직이 물어보았다.
"곧 헤드빅의 팔이 사라졌어. 얼음 구멍 속으로 사라져버렸지. 우리는 헤드빅을 찾기 위해 온갖 노력을 했지만 때는 이미 늦었단다."
그가 갑자기 몸을 벌떡 일으켰다. 마치 더는 가만히 앉아 있을 수 없어 무언가를 해야 되는 사람처럼. 그는 인쇄소 안의 구석진 방으로 걸어갔다. 책상 서랍을 여는 소리와 함께 무언가를 꺼내는 소리가 뒤를 이었다. 되돌아온 그는 무언가를 손에 들고 있었다.
"헤드빅의 스케이트야."
그가 말을 이었다.
"우리가 헤드빅을 물에서 건졌을 때, 헤드빅은 여전히 스케이트를 신고 있었어. 난 아직도 이 스케이트를 버릴 수 없어서 계속 간직하고 있단다."
헤드빅의 스케이트… 내가 처음 인쇄소에 왔을 때 그가 들고 있던 것도 바로 그녀의 스케이트였던 것 같았다.
헨릭은 손에 들고 있던 스케이트를 어떻게 해야 할지 모르겠다는 듯 멀뚱멀뚱 서 있었다. 잠시 후 그는 스케이트를 탁자 위에 내려놓았다. 나는 차가운 스케이트 날을 조심스레 만져보았다.

"난 집도 팔 수 없었어."

헨릭이 다시 말을 이었다.

"너도 보았다시피 그 집은 너무 오래되서 금방이라도 무너질 것 같지만 나는 도저히 팔 수가 없었단다."

"그런데 왜 그 집에 살지 않으세요?"

그가 헛기침을 하더니 시선을 돌렸다.

"왜냐하면 난 아직도 헤드빅이 그 집에 살고 있는 것처럼 느껴지기 때문이야. 헤드빅이 아직 죽음을 받아들이지 못하고 방을 이리저리 뛰어다니고 있는 것 같아. 마치 죽기 싫어하는 것처럼. 난 헤드빅처럼 자기 삶을 그만큼 사랑하는 사람을 본 적이 없거든."

"네."

문득 심장 박동이 빨라졌다. 헤드빅처럼 삶을 사랑하는 사람을 본 적이 없는 건 헨릭뿐만이 아니라는 생각 때문이었다.

"가끔은 헤드빅을 보았다고 착각할 때도 있어. 이해할 수 있겠니? 가끔 모퉁이를 휙 지나가는 빨간 머리 여자아이를 본 것 같은 느낌이 들 때도 있단다."

그가 다시 내게로 시선을 돌렸다.

"바보 같은 소리라고 생각할지도 모르겠구나. 설마 내가 유령을 믿는다고 생각하는 건 아니겠지?"

"아니에요. 전혀 바보 같은 말처럼 들리지 않아요."

그가 미소를 지었다. 그의 눈동자에 잠시 환한 빛이 스며드는 것 같았다. 그때 나는 그가 누굴 닮았는지 깨달았다. 비록 50년이라는 세월이 흘렀지만 그의 눈동자는 헤드빅의 눈동자와 똑같았다.

"고맙구나, 율리안. 넌 아주 훌륭한 소년이야. 네 친구들도 너를 그렇게 생각하면 좋겠어."

"글쎄요… 저는 누군가의 좋은 친구가 되기는 힘들 것 같아요. 사실은… 최근에 누군가에게 좋은 친구가 될 수 없는 행동과 말을 자주 했어요."

그가 나를 빤히 바라보았다. 그는 내 속을 훤히 꿰뚫어보는 것 같았다. 그의 눈빛은 마치 그가 했던 말보다 훨씬 더 많은 것을 담고 있는 것 같았다.

"만약 네가 후회할 일을 했다면 당장 바로잡는 것이 좋을 거야. 그리고 그 친구가 좋은 사람이라면 분명히 너를 용서해줄 거야."

나는 고개를 끄덕였다. 그렇다. 나는 내 잘못을 바로잡아야 했다. 문득 좋은 생각이 났다. 그 생각을 지금 당장 실행에 옮겨야 했다. 이와 동시에 나는 아우구스타가 즐거운 크리스마스를 보낼 수 있도록 어떻게든 손을 써야 했다.

"저… 제가 스케이트를 잠시 빌려도 될까요? 오늘 저녁만?"

헨릭은 스케이트를 내려다보며 손가락으로 하얀 가죽 부분을 쓰다듬었다.

"이 스케이트를 빌리고 싶다고?"

"네, 제가 저지른 실수를 바로잡고 싶어서 그래요."

그는 마치 무언가를 물어보려는 듯 숨을 크게 들이쉬었다. 하지만 그의 입에선 아무 말도 나오지 않았다. 한참 동안 침묵을 지키던 그가 천천히 말문을 열었다.

"네가 다락방 빌라에 갔던 건 우연이 아니라고 생각해. 그렇지? 넌 단지 재미삼아 그곳에 갔던 게 아니지?"

나는 고개를 저었다.

"맞아요. 재미삼아 그곳에 갔던 건 절대 아니에요."

"헤드빅에 대해서 아는 게 있니?"

나는 고개를 끄덕였다.

그가 갑자기 내게 스케이트를 내밀었다.

"빌려가도 좋아. 하지만 언젠가는 모든 진실을 내게 말해줬으면 해. 약속할 수 있니?"

"네."

그 약속을 지키는 건 어렵지 않다고 생각했다. 왜냐하면 난 지금 헤드빅에 대해 이야기하고 싶은 마음뿐이니까.

"그런데 오늘 네가 이곳에 온 건 스케이트 때문이 아니지?"

"네. 카드 때문이에요."

그 순간 가슴이 벅차올랐다.

"크리스마스카드를 만드는 데 도움이 필요해요. 몇 장이 아니라 아주 많이 만들어야 해요. 도와주실 수 있나요?"

20

대문 밖 계단에서 부모님과 아우구스타의 목소리가 들렸다. 크리스마스이브였지만 부모님은 직장에, 아우구스타는 유치원에 다녀왔다. 나는 오히려 좋았다. 하루 종일 내가 무엇을 했는지 그들에게 보여주지 않아도 되었으니까. 게다가 지금은 모든 준비를 마쳤다.

나는 소파에 앉아 그들을 기다렸다. 앉아 있긴 했지만 휴식을 취하는 것과는 거리가 멀었다. 왜냐하면 너무 긴장이 되어 온몸을 활처럼 구부리고 앉아 있었으니 말이다.

대문에 열쇠 꽂는 소리가 들렸다. 그들이 집 안에 들어오는 소리와 함께 현관에 불이 켜졌다. 스위치를 켜는 소리에 이어 현관문 틈으로 한 줄기 가느다란 빛이 새어 들어왔다. 그들은 아직 아무것도 볼 수 없을 것이다. 거실에 들어오기 전까지는.

그들이 옷걸이에 외투를 거는 소리가 들렸다. 그들은 아무 말도 하지 않았다. 어쩌면 무슨 일이 벌어지고 있다는 것을 이미 느끼고 있는지도 몰랐다. 거실에 들어와 불을 켠 그들은 제자리에 멍하니 서 있었다. 엄마, 아빠, 아우구스타는 눈만 껌벅거릴 뿐이었다.

그들의 눈에 띈 것은 셀 수 없이 많은 크리스마스카드였다. 커다란 카드, 작은 카드, 반짝이로 장식한 카드, 황금빛으로 장식한 카드, 흑백 카드 등등. 이 세상에서 오직 헨릭만이 만들 수 있는 아름다운 카드였다. 게다가 각각의 카드에는 모두 같은 소녀의 모습이 있었다.

"유니 언니!"

아우구스타가 소리쳤다.

나는 헨릭에게 앨범을 가져갔고, 우리는 함께 카드에 인쇄할 유니 누나의 사진을 골랐다. 갓난아기 유니, 기저귀를 찬 두 살짜리 유니, 초등학교 1학년 학급 사진 속의 유니, 성인식을 치른 유니 등 수많은 사진을 골라냈다. 유니 누나는 사진 속에서 대부분 미소를 짓고 있었다. 심지어 살아 있을 때 자주 그랬듯이 활짝 웃는 모습도 볼 수 있었다. 그 사진들은 모두 내가 기억하는 유니 누나의 모습이었다.

카드 속에는 유니 누나 외에 다른 사람들의 모습도 볼 수 있었다. 유니를 안고 있는 엄마, 유니와 함께 배드민턴을 치는 아빠, 유니의 어깨 위에 목말을 타고 있는 아우구스타, 유니와 함께 금방 잠에서 깬 듯 부스스한 얼굴의 나.

아우구스타는 카드 쪽으로 다가가 한 장을 집어올린 후 자세히 들여다보았다.

"예뻐! 너무 예쁜걸!"

엄마와 아빠는 아무 말도 하지 않고 거실을 돌아다니면서 카드를 보기만 했다. 각각의 카드, 각각의 사진 앞에서 발길을 멈추고 미소 짓는 유니 누나의 얼굴을 손으로 쓰다듬었다.

아우구스타는 카드 몇 장을 빼서 차곡차곡 쌓았다.

"이거 내가 가져도 돼? 이거랑… 이것도…?"

"응, 물론이지."

아우구스타는 환한 미소를 지었다.

"고마워!"

하지만 엄마와 아빠는 여전히 아무 말도 하지 않았다.

나는 몸을 일으켰다.

"엄마 아빠는 갖고 싶은 카드가 없나요?"

그들은 촉촉이 젖은 눈으로 카드를 보기만 했다.

내 심장이 더 빨리, 더 무겁게 뛰기 시작했다. 부모님은 아무 말도 하지 않기로 작정한 것 같았다. 아직 아무것도 이해하지 못한 것 같았다.

"저는 엄마 아빠가 말한 대로 해보려고 노력했어요. 시간이 해결해줄 거라고 생각했다고요. 유니 누나 이야기를 하지 않으면, 언젠가는 우리의 슬픔도 사라질 거라고요… 하지만 그건 불가능했어요."

부모님은 동시에 나를 돌아보았다.

"저는 유니 누나가 세상을 떠났을 때 우리가 얼마나 슬펐는지 잊고 싶지 않았어요."

내 목소리는 점점 커졌다.

"누나가 살아 있을 때 얼마나 밝고 명랑한 사람이었는지도 잊고 싶지 않았어요. 저는 이 모

든 것을 기억하고 싶었어요. 그리고 유니 누나는 우리가 무엇을 하든 우리와 함께할 거예요. 비록 세상을 떠나긴 했지만 그렇다고 우리 기억 속에서 사라지는 건 아니에요. 유니 누나와 함께했던 기억들은 여전히…"

나는 어느새 목이 터져라 소리치고 있었다.

"우리 삶의 한 부분으로 남아 있다고요."

나는 엄마와 아빠를 차례로 빤히 바라보았다. 부모님을 바라보는 내 눈빛이 아주 단호했던 것 같다. 그 때문일까. 부모님은 놀란 표정을 지었다.

"그래서 시간이 지나면 해결될 거라고 생각하면서 무조건 기다리는 짓은 하지 않기로 결심했어요. 그 대신 저는 매일 유니 누나에 대해 이야기할 것이고, 매일 유니 누나를 기억할 거예요. 왜냐하면 유니 누나는 밝고 즐거운 사람이었거든요. 밝고 명랑한 유니 누나를 생각하다보면 우리도 밝고 즐겁게 지낼 수 있을 거예요."

나는 입을 다물었다. 더는 할 말이 없었다. 유니 누나가 세상을 떠난 후, 한 번에 이토록 길게 말한 적은 없었다. 곰곰이 생각해보니, 그전에도 없었던 것 같다. 부모님은 나를 빤히 바라보다가 서로에게 시선을 돌렸다. 잠시 후 그들은 다시 내게 눈길을 주었다.

"난 율리안 오빠 말이 맞다고 생각해요."

아우구스타가 말했다.

엄마가 무슨 말을 하려는 듯 입을 벌렸다. 아빠도 마찬가지였다. 하지만 두 사람의 입에선 한마디도 나오지 않았다.

부모님은 내가 화를 낸다는 것을 알아차렸다.

"거기 그냥 서 있기만 하실 거예요?"

아빠가 내게 한 걸음 다가왔다. 하지만 더 다가오지는 않았다.

"율리안."

아빠가 나직이 말했다. 아빠의 목소리는 여전히 무덤덤했다. 복제인간 아빠의 목소리였다.

"한번 곰곰이 생각해보세요. 앞으로 이 집에서 우리가 어떻게 살아야 할 것인지를요. 이제 저는 나가봐야 해요."

"뭐? 어딜 가려고?"

엄마가 물었다.

"해야 할 일이 있어요. 엄마 아빠와는 상관없는 일이에요. 친구와 관련된 일을 해결해야 해요. 더 늦기 전에. 오늘 저녁에 꼭 해야 하는 일이에요."

나는 현관으로 가서 재킷을 입고 신발을 신은 뒤 배낭을 손에 쥐었다.

"오빠?"

아우구스타의 목소리였다.

엄마가 현관으로 급히 나왔다.

"율리안, 잠시만 기다려보렴."

하지만 나는 그럴 시간이 없었다. 부모님이 얼마나 바보 같은지 더 생각할 시간이 없었고, 애써 준비한 크리스마스카드로도 부모님의 마음을 돌릴 수 없어서 얼마나 슬픈지 생각할 시간이 없었다. 심지어 화를 낼 시간도 없었다.

나는 대문을 열고 어둑어둑한 밤거리로 뛰쳐나갔다. 어깨에 멘 배낭 속에는 헤드빅의 스케이트가 들어 있었다.

21

숨을 헐떡이며 교회 묘지에 도착했다. 어둠의 정적 속에 자리한 몇몇 무덤 앞에는 촛불이 켜져 있었다. 나는 유니 누나의 무덤 앞에 잠시 서 있었다. 누나의 무덤은 너무나 어둡고 외로워 보였다. 양초를 가져오지 않은 것을 후회했다. 다시 집으로 가서 양초를 가져오기엔 시간이 별로 없었다. 내가 그곳에 간 것은 그 때문이 아니었으니까.

나는 몸을 돌렸다. 나란히 늘어선 무덤들이 눈에 들어왔다. 너무나 많아 셀 수 없을 정도였다. 나뭇가지 사이로 저 멀리 피오르가 보였다. 나는 헤드빅이 사라진 곳이 바로 그곳이라고 짐작했다. 그 순간 등골이 오싹해졌다.

나는 천천히 걷기 시작했다. 비석마다 멈추어 서서 그곳에 누가 묻혀 있는지 확인해보았다. 너무나 많은 이름. 세상을 떠난 사람은 너무 많았다. 대부분은 70세나 80세까지 꽤 긴 삶을 살았다. 하지만 어린 나이에 죽음을 맞은 사람도 적지 않았다. 그들의 출생 연도와 사망 연도 사이의 기간은 매우 짧았다. 그들의 무덤을 볼 때마다 슬픔이 북받쳐 올랐다.

헤르미네 클라우센 1958-1966

페데르 베르그 1932-1941

클라라 아가테 첼스트룹 1925-1929

몇몇 비석에는 무덤의 주인 이름과 함께 짧은 시구가 적혀 있기도 했다. 나는 그 시구를 모두 읽어보았다.

사랑하는 이, 그리움에 젖어
이제 기억 속에서 만나리
내 마음속에서 영원히 잊히지 않을 그대
평안히 잠들길.
사랑하는 이, 잊지 않으리라.

시간이 꽤 흘렀다. 그곳에 얼마나 오래 있었는지 기억 나지 않았다. 불과 몇 분일 수도 있었고, 몇 시간일 수도 있었다. 문득 해야 할 일을 못하게 될 것 같은 두려움에 휩싸였다. 헤드빅의 무덤을 찾지 못하면 어떡하지. 묘지 안에 무덤은 너무 많았고, 세상을 떠난 이들의 이름도 너무나 많았다.

나는 걸음을 멈췄다. 한기에 몸이 얼어붙었다. 숨을 쉴 때마다 하얀 입김이 새어나왔고, 어둠 속에선 눈이 내리기 시작했다. 등에 멘 배낭 속에는 여전히 헤드빅의 스케이트가 들어 있었다.

스케이트의 한쪽 날이 내 어깨를 파고들었다. 나는 마음먹었던 일을 해내지 못할 것 같았다. 날이 밝을 때까지 그녀의 무덤을 찾을 수 없을 것 같았다.

그때 등 뒤에서 발소리가 들렸다.

나는 얼른 몸을 돌렸다. 나뭇가지 사이로 거뭇거뭇한 그림자가 보였다. 그와 동시에 나직한 목소리가 들렸다.

"여기 있어."

나는 얼른 목소리가 나는 쪽으로 가보았다.

"누구세요?"

그림자는 이미 사라진 후였지만, 나는 발걸음을 멈추지 않았다. 그제야 나는 볼 수 있었다. 그곳에 자리한 무덤 하나를.

헤드빅 한센,
고이 잠드소서.

나는 침을 꿀꺽 삼켰다. 헤드빅이 땅속에 묻혀 있다고 생각하니 믿기지가 않았다. 이제는 그녀가 지금 어딘가에 살아 숨 쉬고 있으리라 믿고 싶은 마음마저 접어야 하는 걸까.

그것은 헤드빅의 무덤이었다. 그녀는 세상을 떠났지만 내가 아는 헤드빅은 내 마음속에서 영원히 살아 있기를 바라는 마음뿐이었다.

어쩌면 그녀는 땅속에 묻혀 있는지도 모른다. 어쩌면 그녀는 이미 오래전에 썩어 없어졌는지도 모른다. 그럼에도 그녀는 여전히 내 곁에 있었다.

그녀는 바로 그곳에 있었다.

그렇다. 그녀는 바로 그곳, 내 곁에 있었다.

그림자 하나가 나뭇가지에서 떨어져 나와 내게 다가오고 있었다. 서서히 그녀의 모습이 뚜렷해졌다. 빨간 코트, 빨간 곱슬머리, 주근깨, 강렬한 빛을 띠는 두 눈동자.

하지만 그녀의 눈동자는 이전처럼 기뻐 보이지 않았다. 그녀는 자신의 기분을 내게 설명하기 위해 애써 말할 필요가 없었다. 헤드빅의 눈동자는 슬픔과 우울함을 담고 있었다.

"헤드빅… 내가 바보 같은 말을 했어. 미안해. 진심으로 한 말은 아니었어. 사과할게."

나는 그녀에게 다가갔다. 그녀를 따뜻하게 안아주고 싶었다. 하지만 발이 떨어지지 않았다. 그녀는 내게 할 말이 있는 것 같았다. 내가 알던 그녀와 달리 그녀는 주저하며 말문을 열었다.

"그건… 그건 네 잘못이 아니야."

그녀가 말을 더듬었다.

"아니야, 그건 분명히 내 잘못이야."

"내가 아직 여기 있는 건 내 잘못이야."

나는 그녀가 무슨 말을 하는지 이해할 수가 없었다. 그녀는 내 마음을 꿰뚫어보기라도 한 듯 설명하기 시작했다.

"난 단지 진심으로 죽기 싫었을 뿐이야. 난 삶을 너무나 사랑해. 난 살아 있는 게 좋아."

"그도 그렇게 말했어."

"헨릭? 우리 오빠가?"

"음…"

"난 사람들 사이에 머물러 있으면 나도 살아 있을 수 있다고 생각했어. 난 기다리고 또 기다렸어. 그런데 어느 날 네가 나를 보았어. 그전에는 아무도 나를 보지 못했어. 내 말을 들을 수 있는 사람도 없었어. 헨릭은 예외였는지도 몰라. 난 오빠와 접촉하려고 많은 노력을 했어. 그러다가 정말 몇 번은 오빠가 나를 보았다고 확신하게 되었어. 그때마다 난 너무 기뻤어."

"맞아. 그랬대."

갑자기 그녀의 얼굴이 밝아졌다.

"그럴 것 같았어!"

"하지만 바로 그 때문에 너의 오빠가 많이 슬펐대."

그녀의 미소가 사라졌다.

"오… 그럴 마음은 조금도 없었는데."

"헨릭은 네가 미련을 접고 이제 그만 네 갈 길을 가길 원해."

나는 침을 꿀꺽 삼키고 말을 이었다.

"나도 마찬가지야."

나는 마음에 없는 말을 해버렸다. 헤드빅이 사라진 뒤 내가 감당해야 할 그리움을 생각하니 너무나 가슴이 아팠다. 하지만 나는 그녀를 위해서 그 말을 해야 한다는 것을 잘 알고 있었다.

"너를 위해 가져온 것이 있어."

나는 배낭에서 그녀의 스케이트를 꺼냈다. 그것을 본 헤드빅이 깜짝 놀랐다.

나는 스케이트를 건네려 했지만 그녀는 받으려 하지 않았다.

"뭐하려고? 이젠 필요 없어."

"정확히 50년 전 오늘이야."

나는 말을 이었다.

"지금처럼 어둑어둑한 늦은 오후였지."

"나도 알고 있어. 난 해마다 매일 날짜를 세어왔어. 심지어 시간까지 세어봤기 때문에 잘 알아."

그녀가 말했다.

"스케이트를 신을 필요는 없어. 하지만 넌 나와 함께 지금 피오르 아래쪽으로 가야 해."

"피오르…"

세찬 바람 한 줄기가 스치고 지나간 듯 한순간 그녀가 몸을 부르르 떨었다.

"같이 가자. 넌 아직 아무것도 결정할 필요가 없어."

나는 그녀의 대답을 기다리지 않고 오솔길로 내려갔다. 교회 묘지를 둘러싼 울타리 문을 여니 바로 아래쪽에 피오르의 물이 보였다. 뒤돌아 확인할 필요는 없었다. 눈 위를 걷는 헤드빅의 발소리를 분명히 들을 수 있었으니까. 약하디약한 발소리였지만, 적어도 그녀가 나를 따라오고 있다는 것은 알 수 있었다.

나는 피오르 강가에 서서 얼어붙은 물을 바라보았다. 눈이 쌓여 있었지만, 스케이트를 탈 수 있도록 눈을 치워둔 곳도 여기저기 보였다. 나는 얼어붙은 피오르 강가를 걸으며 헤드빅이 나를 따라오고 있는지 가끔 고개를 돌려 확인했다. 그녀는 나를 따라 걸어오면서 두려움에 가득 찬 눈으로 얼음을 빤히 바라보고 있었다.

그런 그녀를 보니 너무나 가슴이 아팠다. 하지만 마음을 다잡고 걸음을 멈추지 않았다. 왜냐하면 그것이 옳은 일이라는 걸 잘 알고 있었기 때문이다.

얼음 위, 눈을 치워둔 곳 가운데 끝이 보이지 않는 곳이 있었다. 나는 거기서 걸음을 멈췄다. 헤드빅을 보는 순간, 그곳이 바로 50년 전의 그곳과 같은 장소라는 것을 직감적으로 깨달았다.

나는 숨을 한 번 크게 들이쉬고 그녀에게 스케이트를 건넸다. 그녀는 나를 바라보지 않고 스케이트를 받았다. 나는 그녀의 얼굴이 얼어붙은 피오르 물 같다고 생각했다.

그녀는 강가 오솔길 위에 앉아 스케이트를 신고 끈을 동여맸다. 나는 가만히 서서 그녀를

지켜보기만 했다. 문득 양손을 어디에 두어야 할지 몰라 당황스러웠다. 주머니 속에 넣을까, 그저 땅을 향해 쭉 내려놓고 있을까. 갑자기 목이 메어왔다. 나는 그녀가 영영 사라지기를 바라지 않았다. 그저 그녀가 내 곁에 있어주기만을 원할 뿐이었다. 50년 더. 아니 100년 더 나와 함께 있어준다면 얼마나 좋을까. 하지만 나는 그런 말을 할 수 없었다. 그녀를 위해서라도.

헤드빅은 스케이트를 신고 몸을 일으켰다. 나는 마침내 그녀를 정면으로 바라볼 수 있었다. 그녀의 두 눈에서 눈물이 흘러내렸다. 그녀는 손을 올려 흐르는 눈물을 닦았지만, 눈물은 멈추지 않았다.

"꼭 이렇게 할 필요는 없다고 생각해."

그녀가 기어들어가듯 나직한 목소리로 말을 이어갔다.

"꼭 지금 떠나야 할 필요는 없어. 여기 조금 더 있어도 돼. 적어도 내일까지. 아니, 크리스마스를 보낸 후에 떠나도 된다고. 함께 다락방 빌라에 가서 코코아를 마시는 건 어때? 마지막으로 말이야. 율리안, 그렇게 하면 안 될까? 제발 부탁이야."

마음 같아선 그렇게 하자고 대답하고 싶었다. 마지막으로 코코아를 함께 마시는 것도 좋을 것 같았다. 사실은 내가 원하는 것도 바로 그것이었다.

"안 돼. 그건 안 돼. 너도 잘 알잖아. 난 이제 다락방 빌라에 갈 수 없어. 다락방 빌라는 이전과 달라졌어. 시간이 좀더 흐르면 너를 볼 수 없게 될지도 몰라."

슬픔이 북받쳐 올랐다. 가슴이 쥐어짜듯 아팠다. 있는 힘을 다해 소리치고 싶었지만, 나는 숨을 들이쉬며 진정하려 애썼다.

"헤드빅, 넌 이제 가야 해. 그래야만 한다고."

그녀가 고개를 끄덕였다. 눈물이 쉴 새 없이 흘러내렸다. 그녀가 두 팔로 나를 감싸 안았다. 그녀의 뺨이 내 뺨에 닿았다. 우리의 눈물이 섞여 흘러내렸다. 아무도 눈물을 닦으려 하지 않았.

오랫동안 나를 안아준 그녀의 몸은 살아 있는 사람의 몸처럼 따뜻했다.

"안녕, 율리안."

"안녕, 헤드빅. 내가 많이 그리울 거야."

그때 눈이 내리기 시작했다. 솜털처럼 가볍고 아름다운 눈의 결정체가 하늘에서 내려왔다. 헤드빅은 벙어리장갑 위에 눈송이를 받았다. 그녀는 내 손을 펼쳤다. 내 벙어리장갑 위에도 눈송이가 떨어져 내렸다.

"눈이 내릴 때마다 내 생각을 해줄래? 내가 이 눈송이 속에 있다는 걸 기억해줘."

"넌 나의 눈송이 친구야."
헤드빅이 고개를 끄덕였다.
"응, 나는 너의 눈송이 친구가 되고 싶어."
"안녕, 나의 눈송이 친구. 다시 만날 수 있길 바라."
"우린 다시 만날 거야."
 헤드빅이 코를 훌쩍거렸다. 뺨 위에 흘러내린 눈물을 마지막으로 한 번 쓰윽 닦은 그녀는 피오르 쪽으로 몸을 돌렸다.
 스케이트를 신은 그녀가 비틀거리면서 첫발을 내디뎠다. 일 미터쯤 앞으로 나아가자 두 번째 걸음부터는 균형을 잡기 시작했다. 세 번째 걸음부터는 자신감 가득한 안정적인 몸짓으로 달려갔다.

그녀는 뒤를 돌아보지 않았다. 나는 그녀의 뒷모습만 바라보며 서 있었다. 그녀의 빨간 코트는 점점 더 멀어졌다. 나는 그녀의 소리를 들을 수 있었다. 얼음 위에서 스케이트가 노래를 부르는 것 같았다. 나는 그녀가 곧 어둠 속으로 사라질 거라고 생각했다. 그녀가 위험에 빠져 영원히 사라져버릴 것이라 생각했다.

그 순간 생각지도 못했던 일이 일어났다. 어두컴컴하던 구름이 양쪽으로 갈라졌다. 갈라진 구름 사이로 하늘이 보였다. 강렬한 빛을 띤 별 하나가 얼음 위로 내려오고 있었다.

헤드빅의 발은 빛을 향해 점점 더 빨리 움직였고, 별빛은 더욱 강렬해졌다. 별빛은 너무나 강렬해 태양처럼 보이기도 했다. 따스한 황금색 태양.

얼음 위에 내려앉은 별을 향해 더욱 가까이 다가간 헤드빅은 살짝 미끄러지듯 별빛 속으로 들어갔다. 그녀가 나를 돌아보았다. 나는 그녀가 기쁨으로 가득 차 있다는 것을 알 수 있었다.

그녀가 나를 돌아보면서 가만히 서 있는 동안, 또 다른 형체가 저 멀리서 모습을 드러냈다. 나는 그것이 어디서 왔는지 알지 못했다. 그 또한 별빛 속으로 미끄러져 들어왔을 때, 나는 그것이 무엇인지 볼 수 있었다. 한 소녀. 그녀는 헤드빅보다 더 컸다. 걸음을 멈춘 소녀는 나를 바라보며 미소를 지었다. 마음이 포근해지는 미소, 그 어떤 나쁜 일도 일어나지 않을 것이라고 믿음을 주는 미소였다.

그녀는 유니였다. 나의 누나.

나는 유니 누나에게 손을 흔들어주었다. 누나도 내게 손을 흔들어주었다. 잠시 후, 유니 누나는 헤드빅을 향해 돌아서서 그녀의 두 손을 잡았다. 두 사람은 서로를 알아가고 있는 듯 한동안 마주보고 서 있었다.

헤드빅이 고개를 끄덕였다.

두 사람은 천천히 빙글빙글 돌기 시작하더니 함께 피루엣을 돌았다.

두 사람이 그리는 원은 점점 더 빨라졌다.

그들은 속도를 높여 계속 빙글빙글 돌았다. 그럼에도 넘어지거나 비틀거리지 않았다.

빙글빙글.

빨리, 더 빨리.

곧 두 사람은 한 몸처럼 보였다. 커다란 팽이처럼 보이기도 했다.

두 사람이 빙글빙글 돌자 발끝에서 눈송이가 피어올랐다. 눈송이는 반짝이는 구름처럼 두 사람을 에워쌌다. 어느덧 두 사람은 보이지 않았고, 허공에 소용돌이처럼 피어오르는 반짝이는 눈송이만 보이기 시작했다.

반짝이는 구름처럼 모여 있던 눈송이들이 얼음 위로 내려앉았다. 유니와 헤드빅은 온데간데없이 사라져버렸다. 남아 있는 것은 눈송이뿐이었다.

그 순간 양쪽으로 갈라져 있던 구름이 다시 모여 하늘의 별을 덮어버렸다. 그와 동시에 피오르를 밝히던 환한 빛도 사라졌다.

나는 제자리에 가만히 서 있었다. 겨울의 어둠과 한기 속에서 홀로 서 있었다. 하지만 유니 누나를 볼 수 있어서 너무나 기뻤다.

그와 동시에 누나가 너무나 그리워 눈물이 절로 났다. 유니 누나. 누나의 미소, 누나의 눈물, 내가 밤에 무서워할 때마다 나를 꼭 안아주던 유니 누나가 너무나 그리웠다.

이제 나는 혼자 남았다. 헤드빅도 내 곁을 떠났다.

너무나 외롭고 슬퍼 흐느껴 울었다.
그때 뒤쪽 교회 묘지에서 인기척이 들렸다.
세 사람의 목소리. 높고 가녀린 목소리, 밝고 상냥한 목소리, 깊고 굵직한 목소리였다. 너무나 귀에 익은 목소리였다.

"율리안!"

그들이 내 이름을 불렀다.

"율리안, 여기 있니?"

굵직한 남자 목소리였다.

나는 차마 대답할 수 없었다.

"율리안? 율리안? 어디 있니?"

밝고 상냥한 여자 목소리였다.

뒤를 이어 높고 가녀린 목소리가 들려왔다.

"오빠! 오빠, 어디 있어?"

나는 눈물을 훔치고 소리쳐 대답했다.

"여기 있어! 엄마 아빠, 저 여기 있어요! 아우구스타, 난 여기 있어!"

나는 오솔길을 뛰어가 교회 묘지 안으로 들어갔다. 내 발은 눈길 위에 닿지 않을 정도로 빨리 움직였다.

저 멀리서 나를 향해 뛰어오는 그들이 보였다.

마침내 마주한 우리는 서로를 힘껏 끌어안았다. 나는 내 몸을 감싸안는 그들을 느낄 수 있었다. 엄마, 아빠, 아우구스타의 따스한 팔.

내가 그들을 한꺼번에 끌어안자 그들도 나를 부둥켜안았다. 예전에 우리가 나누었던 포옹보다 훨씬 강렬하고 따스한 포옹이었다. 나는 다시 흐느끼며 울기 시작했다. 하지만 그 순간 흘린 눈물은 슬픔과 외로움의 눈물과는 거리가 멀었다.

나는 이제 혼자가 아니었다. 내겐 그들이 있었다. 엄마, 아빠, 아우구스타.

눈을 뜬 나는 그날이 며칠인지 기억하지 못했다. 기지개를 펴고 두 팔로 뒷머리를 감싸니 갑자기 키가 훌쩍 자란 것 같았다. 정신이 번쩍 들었다. 기대감에 온몸이 간질간질했다. 발가락 끝부터 손가락 끝까지.

나는 침대에서 뛰어내려왔다. 지난 몇 개월 동안은 아침에 눈을 뜨면 누군가가 나를 바닥으로 끌어내리는 것처럼 몸이 무거웠다. 하지만 이제 그 무거운 느낌은 어디론가 사라져버렸고, 내 몸은 하늘을 나는 듯 가벼워졌다.

문득 그날이 며칠인지 또 무슨 날인지 기억해낼 수 있었다.

그날은 크리스마스이브였다. 크리스마스이브는 내 생일이기도 했다.

갑자기 온몸이 부르르 떨렸다.

만약 아직 크리스마스 준비를 못 했다면, 만약 복제인간 부모님이 어제 우리가 했던 이야기를 잊었다면, 만약 온 세상이 여전히 어두운 회색빛에 휩싸여 있다면 어떡하지.

나는 소리 나지 않게 살금살금 방문을 열고 나갔다. 방문 앞에 숨을 죽이고 서서 귀를 쫑긋 기울였다.

집 안은 쥐죽은 듯 고요했다.

나는 소리 나지 않게 나무 바닥 위를 살금살금 걸어 일층으로 향하는 계단으로 갔다. 그곳은 바로 매년 크리스마스이브 날 아침, 숨을 죽이고 서서 귀를 기울이던 곳이었다.

그런데… 어디선가 음악 소리가… 들리는 게 아닌가?

만유의 주재,

존귀하신 예수,

인자가 되신 하느님.

기분 좋은 느낌이 소름 끼치듯 등골을 스쳤다. 너무나 아름다운 목소리였다!

나는 앞으로 몇 걸음 더 걸어갔다. 천사 인형의 종소리와 벽난로에서 장작 타는 소리가 들렸다.

크리스마스 소리. 마침내 우리 집에도 크리스마스가 찾아온 것이다.

나는 서둘러 계단을 내려가면서 집 안에 감도는 향기를 맡아보려 했다. 아니나 다를까, 크리스마스 향기도 제자리를 찾은 듯했다. 크리스마스트리의 소나무 향, 향초가 타들어가는 향, 크리스마스 과자와 귤, 계피와 카카오. 모두 제자리에 있었다!

일 초도 더 기다리고 싶지 않았다. 나는 성큼성큼 걸어 두 걸음 만에 거실 문 앞에 도착했다.

그리고… 문을 열었다.

그 순간 나는 움직일 수 없었다. 제자리에 뻣뻣하게 서서 눈만 껌벅였다. 그게 내가 할 수 있는 유일한 행동이었다.

거실은 너무나 아름답고 따스해서 숨이 멎을 지경이었다.

크리스마스트리는 거실 한가운데에 있었다. 빈틈이 보이지 않을 정도로 무성한 솔잎은 짙은 녹색을 띠고 있었고, 그 위에는 반짝이는 전구와 별과 하트 등 온갖 아름다운 장식으로 뒤덮여 있었다. 그것은 내가 지금껏 상상해왔던 그 어떤 크리스마스트리보다 훨씬 더 아름다웠다. 크리스마스트리에서 유니 누나를 볼 수 있었기 때문이다.

헨릭과 내가 함께 만든 크리스마스카드가 트리 가지마다 매달려 있었고, 카드 속의 유니 누나는 반짝이는 전구 사이에서 나를 향해 미소 짓고 있었다.

거실 안의 다른 크리스마스 장식들도 내게 미소를 짓고 있었다. 눈길이 닿는 곳마다 크리스마스 장식이 보였다. 아기 예수의 구유는 예년과 다름없이 벽난로 옆 서랍장 위에 있었고, 선반 위에는 우리 삼남매가 매년 휴지심으로 하나씩 만들어 모아온 수많은 산타클로스 인형이 나란히 세워져 있었다.

탁자 한가운데에는 대림절 양초가 놓여 있었다. 청동 촛대는 황금색으로 반짝반짝 빛나고 있었으며, 그 위에는 보라색 양초가 네 개 꽂혀 있었다.

나도 모르게 기쁨의 탄성이 절로 나왔다.

크리스마스.

이제 우리 집에도 크리스마스가 찾아온 것이다!

하지만 내겐 아직까지도 할 이야기가 남아 있다. 부모님과 아우구스타의 이야기. 그들은 모닝코트와 잠옷 차림으로 내게 다가왔다. 이른 아침이었지만 전혀 피곤해 보이지 않았다. 복제인간이라는 느낌도 들지 않았다. 그들은 차례차례 나를 껴안아주었다.

"생일 축하해."

엄마가 말했다.

"크리스마스 축하해, 사랑하는 아들."

아빠가 말했다.

"만세!"

아우구스타가 소리쳤다.

우리는 아침 식사를 하려고 식탁에 둘러앉았다. 식탁 위에는 갖가지 치즈와 귤, 소시지와 견과류, 연어와 각종 훈제 고기, 스크램블드에그 등 음식이 푸짐하게 차려져 있었다. 나는 내 생애 최고의 아침 식사라고 생각했다.

나는 배가 불러 한 입도 더 먹을 수 없을 때까지 음식을 먹고, 내 몸이 초콜릿으로 변하는 느낌이 들 때까지 코코아를 마셨다. 코코아 잔을 내려놓은 나는 가족들의 얼굴을 차례차례 둘러보았다. 엄마, 아빠, 여동생. 모두 하늘로 날아오를 듯 기쁨으로 가득 차 있었다.

"저…"

모두 내게 고개를 돌렸다.

"소원이 하나 있어요. 크리스마스 소원."

"난 이미 크리스마스 선물을 사놓았단다."

엄마가 말했다.

"제가 바라는 건 선물이 아니에요. 아, 어떤 면에서 보면 선물이라고 할 수도 있겠네요. 하지만 그건 돈으로 살 수 있는 물건이 아니에요."

그들은 궁금한 표정을 지었다.

"저는 다 같이 교회 묘지에 가고 싶어요. 우리 모두 함께 오늘 오후에… 유니 누나의 무덤에 가고 싶어요."

아침 식사를 마친 후, 나는 옷을 입고 밖으로 나갔다. 부모님과 아우구스타는 크리스마스를 맞이하기 위해 마지막으로 해야 할 자잘한 일들을 했지만, 나는 나만의 계획이 있었다. 나는 한때 단짝 친구였던 욘을 찾아가보기로 마음먹었다. 만나자고 미리 약속을 하지는 않았다. 그럴 만한 용기도 없었다. 왜냐하면 욘이 아직도 내게 화났을까봐 두려웠고, 그렇기 때문에 나를 만나고 싶지 않다고 말할까봐 걱정되었기 때문이다.

욘은 내가 온 줄 모르고, 정원에서 눈덩이를 굴리고 있었다. 길 쪽으로 향한 그의 작은 등을 보는 순간 가슴이 아팠다. 그의 뒷모습은 너무나 슬프고 외로워 보였다. 나는 발걸음을 재촉해 울타리로 다가갔다.

"안녕."

욘은 내 목소리를 듣지 못했는지 계속 눈덩이를 굴리고 있었다. 눈덩이는 점점 커졌다.

"안녕."

나는 목소리를 높였다.

마침내 그가 고개를 돌려 나를 바라보았다.

"안녕."

욘도 내게 인사를 건넸다.

욘은 감기에 걸렸는지 코를 훌쩍거리며 눈이 묻은 장갑으로 코를 쓰윽 닦았다.

나는 미리 준비한 선물을 그에게 내밀었다. 그는 선물을 보았지만 받으려 하지 않았다.

"이건 뭐니?"

욘이 물었다.

"선물이야."

"왜?"

"크리스마스 선물이야."

"그런데 이게 뭐냐고?"

"그건 말할 수 없어. 미리 말하면 재미없잖아."

"아."

욘이 양손을 내밀어 선물을 받았다.

"고마워."

"응…"

욘은 선물을 주머니에 넣고, 다시 눈덩이를 향해 몸을 돌렸다. 그는 온몸의 힘을 실어 눈덩이를 굴려보았지만, 눈덩이는 꼼짝도 하지 않았다. 그는 너무나 작고 가냘팠기 때문이다.

나는 울타리를 뛰어넘은 후, 용기를 내어 그의 옆에 섰다. 나는 그를 쳐다보지도 않고 눈덩이를 굴리려 안간힘을 쓰는 그에게 힘을 보탰다. 그는 아무 말도 하지 않았다. 그저 내가 하는 대로 나를 가만히 놓아둘 뿐이었다. 우리는 발목이 푹푹 빠지는 깊은 눈밭 위로 눈덩이를 굴렸고, 눈덩이는 점점 자랐다. 욘과 함께 정원에서 눈덩이를 굴리는 일이 좋았다.

우리는 눈덩이가 일 밀리미터도 움직이지 않을 때까지 굴렸다.

"이보다 더 크게 만들 수는 없을 것 같아."

내가 말했다.

"나도 그렇게 생각해. 그런데 이걸로 뭘 하지?"

"나도 모르겠어. 네 생각은 어때? 눈사람을 만들어볼까? 눈사람을 만들려면 눈덩이가 두 개는 더 있어야 해."

눈덩이 두 개 더. 그렇다면 나는 욘과 함께 더 오래 시간을 보낼 수 있다.

"응… 그럴 것 같네."

"아니… 성을 지어 올리는 건 어때? 성을 지으려면 눈덩이가 더 많이 필요해."

나는 적어도 여덟 개는 더 필요할 거라고 생각했다. 그렇다면 욘과 더 오랫동안 함께 있을 수 있을 것이다. 한 시간 정도는 함께 놀 수 있지 않을까.

"흠… 그것도 좋겠다."

"아, 더 좋은 생각이 났어! 성을 두 개 지어보자. 성이 완성되면 우린 각자의 성을 지키면서 눈싸움을 하는 거야."

욘이 나를 바라보았다. 굳어 있던 그의 표정이 부드러워지더니 두 눈동자에서 반짝반짝 빛이 나고, 벌어진 입에 커다란 미소가 스며들었다.

"좋아! 눈싸움을 하려면 무기가 있어야 해. 대포알과 총알이 있어야 하고 각자의 왕국 이름도 지어야 해. 그리고…"

욘은 계획을 세우기 시작했다. 그는 쉴 새 없이 말했고, 나도 어느새 그 못지않게 재잘거리고 있었다. 너무나 즐겁고 기뻐서 웃지 않을 수 없었다. 욘도 나를 따라 큰 소리로 웃었다. 우리의 웃음소리는 하얀 진주가 굴러가는 소리와 닮은 것 같았다.

우리는 쉴 새 없이 말했고, 쉴 새 없이 웃음을 터뜨렸다. 나의 단짝 친구 욘, 그리고 나.

시간 가는 줄 모르고 놀다보니 어느새 어두컴컴해졌다. 나는 빌길을 돌렸다. 우리는 이미 다음 날 만나자고 약속한 후였다. 성은 완성되었고, 이젠 눈싸움을 하는 일만 남아 있었다.

나는 교회 묘지까지 뛰어갔다. 내가 가장 먼저 본 것은 양초 불빛이었다. 어제보다 더 많은 양초에 불이 켜져 있었다. 거의 모든 무덤 앞에 불을 붙인 양초가 놓여 있는 것 같았다. 촛불 앞에 서 있는 사람도 많았다. 어른과 아이, 노인과 어린아이. 모두 크리스마스를 맞아 세상을 떠난 가족이나 친구를 찾아온 것 같았다. 나는 아래쪽으로 발걸음을 재촉했다.

나는 헤드빅의 무덤 앞에 멈춰 섰다. 그곳에도 불 켜진 양초가 있었다. 촛불 옆에는 커다란 소나무 가지와 빨간 열매로 장식한 화환이 놓여 있었다. 크리스마스 분위기가 물씬 풍겼다. 헤드빅이 마음에 꼭 들어 할 것 같았다. 헨릭은 지난 50년 동안 여동생을 볼 수 없었지만, 그 누구보다 여동생을 잘 아는 것 같았다. 나는 비석 위에 손을 올려놓으면서 나직이 속삭였다.

"사랑하는 나의 눈송이 친구."

나는 비석에 손을 올려놓고 가만히 서 있었다. 앞으로 헨릭과 함께 그녀의 무덤을 지켜주겠다고 마음먹었다. 나는 앞으로도 우리가 친하게 지낼 수 있기를 바랐다. 그와 나…

그 바람은 얼마 지나지 않아 실현되었다. 헨릭은 다락방 빌라로 다시 이사했다. 집 안 구석구석을 못질하고, 페인트칠을 했으며 이곳저곳을 수리했다. 그 덕분에 다락방 빌라는 예전의 모습을 되찾았다. 너무나 아름다운 다락방 빌라! 50년 전에도 이처럼 아름다웠으리라. 그때는 지금보다 훨씬 정겹고 아늑하지 않았을까… 솔직히 그건 다른 이야기다. 그 이야기는 다음에 하겠다. 내 이야기를 더 듣고 싶은 사람이 있다면 말이다.

나는 아래쪽으로 다시 걸음을 옮겼다. 날은 점점 더 어두워졌고, 묘지를 찾은 사람들은 검은 그림자로 변했다. 하지만 그중 그림자 세 개는 그리 낯설지 않았다. 나는 한눈에 그것이 누구의 그림자인지 알 수 있었다. 엄마, 아빠, 아우구스타.

그들은 유니 누나의 무덤 앞에 서 있었다. 나는 서둘러 그들에게 다가갔다. 아무도 말을 하지 않았다. 아빠가 나를 끌어당겼다. 나는 아빠의 겨울 코트 사이에서 아빠의 따스한 체온을 느낄 수 있었다.

엄마는 비석 위에 쌓인 눈을 치웠다. 비석에는 누나의 이름이 새겨져 있었다. 유니.

우리는 누가 먼저라고 할 것도 없이 허리를 굽혀 비석은 물론 작은 화단 위에 쌓인 눈을 치웠다.

아빠가 작은 램프 다섯 개를 꺼내 무덤 주위에 빙 둘러놓았다.

"불빛 다섯 개. 이건 바로 우리야."

엄마는 비석 한가운데에 하얀 꽃을 심은 작은 화분을 올려놓았다.

"크리스마스로즈란다. 추위에도 얼어 죽지 않아."

"유니 언니에게 주는 꽃이야. 언니는 이 꽃을 아주 좋아했어."

아우구스타가 속삭였다.

우리는 일어나서 무덤 옆으로 모였다. 엄마와 아빠는 아우구스타와 나를 가운데 두고 섰다. 부모님은 한 손은 우리에게, 다른 한 손은 비석 위에 얹었다. 우리는 그렇게 서로의 손을 잡고 서 있었다. 다섯 명이 함께.

"메리 크리스마스, 유니."

내가 먼저 말했다.

"메리 크리스마스, 유니."

하나된 우리 가족의 목소리였다.

스노우 시스터
아름답고 따뜻한 크리스마스 이야기

지은이 마야 룬데
그림 리사 아이사토
옮긴이 손화수
펴낸이 김언호

펴낸곳 (주)도서출판 한길사
등록 1976년 12월 24일 제74호
주소 10881 경기도 파주시 광인사길 37
홈페이지 www.hangilsa.co.kr
전자우편 hangilsa@hangilsa.co.kr
전화 031-955-2000~3 **팩스** 031-955-2005

부사장 박관순 **총괄이사** 김서영 **관리이사** 곽명호
경영이사 김관영 **편집주간** 백은숙
편집 노유연 박홍민 배소현 임진영
관리 이주환 문주상 이희문 원선아 이진아 **마케팅** 이영은
디자인 창포 031-955-2097
인쇄 예림 **제책** 경일제책사

제1판 제1쇄 2019년 12월 16일
제1판 제2쇄 2024년 11월 29일

값 35,000원
ISBN 978-89-356-6791-8 03850

- 잘못 만들어진 책은 구입하신 서점에서 바꿔드립니다.
- 이 도서의 국립중앙도서관 출판시도서목록(CIP)은 e-CIP홈페이지(www.nl.go.kr/ecip)와 국가자료공동목록시스템(www.nl.go.kr/kolisnet)에서 이용하실 수 있습니다.
 (CIP제어번호: CIP2019046927)
- 이 책은 노르웨이 국제문학협회(NORLA)의 지원을 받아 출간했습니다. **NORLA**